Oma Miras WG

Wenn das Leben das Alter überholt...

von Tine Lindemann

Vorwort

Ein Buch zum Schmunzeln für meine total tolle Tochter, meine Familie und für alle, die gerne lesen, vorlesen oder zuhören.

Dank an meine Eltern für die Geborgenheit, menschliche Wärme, Entfaltungsmöglichkeiten, die offenen Ohren und die gemütlichen Vorleserunden, deren sich mittlerweile auch die Enkelkinder erfreuen dürfen.

Darüber hinaus bedanke ich mich bei meinen konstruktiven Probelesern, aufmunternden Freunden, einer langjährigen Schulfreundin für das Korrekturlesen und bei allen weiteren hilfreichen Unterstützern.

Inhaltsverzeichnis

Oma Miras Kurzgeschichten

© 2018 Tine Lindemann

1. Auflage

Verlag: tredition GmbH
Halenreie 40-44, 22359 Hamburg

ISBN Paperback: 978-3-7469-0180-0
ISBN Hardcover: 978-3-7469-0283-8

Bibliografische Information der Deutschen Nationalbibliothek: Die Deutsche Nationalbibliothek verzeichnet diese Publikation in der Deutschen Nationalbibliografie; detaillierte bibliografische Daten sind im Internet über http://dnb.d-nb.de abrufbar.

Oma Mira Lange:

- 72 Jahre
- Pensionierte Deutsch- und Sportlehrerin
- Verwitwet
- 6 Kinder, 12 Enkelkinder
- 1 Hamster, 1 Hund, 2 Vögel
- Hobbys: Tiere, Fitnesscenter, Senioren-Leichtathletik, Bücher schreiben, Wohnmobil

Jan Hansen:

- 54 Jahre
- Soziologe (Forschung/Statistik)
- Geschieden
- 1 Sohn
- Hobbys: Segeln, Handballfan, Opern Abo (Besitzer aber Nichtnutzer)

Emma Miller:

- Zieht ins Dachgeschoss der WG
- 23-jährige Musikstudentin aus London
- Studiert an „Det Kongelige Danske Musikkonservatorium" in Kopenhagen
- Hobbys: Tanzen, Oper, Konzerte, Tiere

1. Frühlingspostbotschaft

An einem herrlich warmen Donnerstag im Mai packte Oma Mira auf dem Parkplatz vor ihrer Wohnung gut gelaunt ihr altes Wohnmobil. Sie freute sich riesig auf das bevorstehende Wochenende in Hamburg, wo sie zu der diamantenen Hochzeit ihres Schwagers Siegfried eingeladen war. In ihrem reifen Alter von 71 Jahren war es leider seltener geworden, dass sich die ältere Generation der Großfamilie zu freudigen Anlässen traf.

In der Tat hatte sie einen Teil der Verwandtschaft zuletzt vor ca. neun Jahren bei der Beerdigung ihres Mannes Hugo gesehen. Deshalb war sie besonders gespannt auf ein Wiedersehen bei dem bemerkenswerten Fest. Darüber hinaus war es eine willkommene Möglichkeit einige ihrer sechs Kinder und zwölf Enkel zu treffen, die ebenfalls zugesagt hatten.

Stolz und fröhlich pfeifend saß Oma Mira auf dem Fahrersitz ihres geliebten Campers und wollte das Navi schon mal einstellen. In Gedanken sah sie sich bereits von ihrer Wahlheimat Kopenhagen über die Große Beltbrücke, den wunderbaren Ausblick auf die Ostsee genießend, nach Hamburg fahren. Da klopfte jemand an das Fenster. Es war der Postbote. Er winkte ihr mit einem Brief zu. Oma Mira kurbelte langsam die Scheibe herunter und nahm die Post entgegen. Desinteressiert öffnete sie den Brief und begann zu lesen.

„Das kann ja wohl nicht wahr sein!", murmelte sie fassungslos vor sich hin und saß mit einem Ruck kerzengerade auf dem Autositz. Voll konzentriert hielt sie den Brief in der Hand, rieb sich die Augen und las ihn ein zweites Mal. Doch das änderte nichts. In fett gedruckter Schrift stand dort KÜNDIGUNG DES MIETVERHÄLTNISSES geschrieben. „Und das jetzt, wo die Wohnungen in Kopenhagen knapp sind und die Mietpreise schwindelerregende Höhen erreichen! Puhhh, das wird nicht einfach werden, da eine Lösung zu finden", dachte Oma Mira ärgerlich durch diese unerfreuliche Botschaft so abrupt aus ihren schönen Frühlingsgefühlen gerissen worden zu sein. Stattdessen blitzten jetzt unzählige Fragen durch ihren Kopf: „Wo bekomme ich in meinem Alter eine bezahlbare Wohnung her? Wie lange kann ich mir ein Leben in meiner Traumstadt noch leisten? Kann ich überhaupt weiterhin sicher mit den Extraeinnahmen als Fitnesstrainerin planen?", kopfschüttelnd brummelte sie verächtlich: „Sicher - was ist schon sicher? Und planen — was kann man heutzutage noch planen?"

Oma Mira klemmte den Brief hinter den Sonnenschutz des Beifahrersitzes, schloss das Wohnmobil ab und ging mit einem wehmütigen Gefühl in ihre Wohnung. In der Küche kochte sie sich erstmal einen grünen Tee und besann sich. Cicero, der schwarz-weiße Hundemischling, schlich sanft um ihre Beine. Langsam ordneten sich ihre Gedanken wieder und sie beruhigte sich selber mit den Worten: „Ich habe in meinem Leben schon ganz andere Dinge gemeistert. Irgendwie wird es weitergehen, nur eben anders!"

Heute konnte sie eh nichts mehr ausrichten und die Vorfreude auf das Fest wollte sie sich dadurch nicht vermiesen lassen. Deshalb beschloss sie ganz nach dem Motto: „Kommt Zeit - kommt Rat" die Sache erst nach ihrer Rückkehr aus Hamburg anzugehen.

Wie abgesprochen brachte sie ihren Hamster Freddy und die beiden Lovebirds Romeo und Julia zu ihren Nachbarn rüber. Etwas trotzig ging sie auf ihre Terrasse, um einen Topf mit einer prächtigen Hortensie zu holen. „Alle meinen Grünpflanzen werde ich beim Umzug eh nicht mitnehmen können", schnaufte sie. Dabei hängte sie die Spendenkarte, von „Oxfam unverpackt", auf der ein Ziegenpaar in Hochzeitskleidung zu sehen war, an die Blume. Sie nickte zufrieden. Denn nun war sie sich sicher, mit dem Präsent die Gesinnung des Diamantenpaares getroffen zu haben.

Das Geschenk für die Jubilare und die sorgsam ausgewählten Mitbringsel für ihre Enkel verstaute sie im

Wohnmobil. Oma Mira ging vorsichtshalber noch einmal zur Toilette. Schließlich wollte sie nicht gleich auf der nächsten Raststätte eine Pause einlegen.

Ihren kleinen Hund Cicero auf dem Arm haltend schloss sie dann die Haustür, wie immer mit zwei Schlüsselumdrehungen, ab. Wieder in sich selbst ruhend startete sie den Wagen. Nach einem kurzen Tankstopp konnte es endlich losgehen. Sie legte ihre Lieblings-CD von Thomas Helmig ein und machte sich summend auf den Weg zur Autobahn. „Gut, dass ich vor zwölf Uhr losgekommen bin, dann müsste ich am frühen Abend in Hamburg sein", dachte sie zufrieden, während sie der freundlichen Stimme des Navigationsgerätes folgte und rechts in den Großen Meerjungfrauenweg einbog.

Plötzlich gab es einen lauten Knall. Ihr Wagen begann schlagartig bedrohlich zu holpern. Angespannt ließ sie das Wohnmobil ausrollen, so dass es tatsächlich einigermaßen gerade vor der Hausnummer 23A zum stehen kam. Sie schaltete die Warnblinker ein und atmete erst einmal tief durch.

Drinnen im roten Stadthaus des Großen Meerjungfrauenweges 23A saß der 54-jährige Hausbesitzer Jan Hansen niedergeschlagen auf seinem schwarzen Ledersessel. Im Radio spielte der Song „No way out" von Phil Collins. Er starrte auf die kahle Wand, wo einst ein Wohnzimmerschrank stand, und fühlte sich einsam und leer. So leer wie die Wohnung nach dem Auszug seiner Frau vor zweieinhalb Jahren. Seit einigen Stunden war die Scheidung, nach 23 Ehejahren, endgültig besiegelt. Heute Vormittag war der Scheidungstermin gewesen und die frisch unterzeichneten Papiere lagen noch auf dem Küchentresen.

Auf einmal ertönte ein lautes Hupkonzert. Erschrocken zuckte er zusammen und wurde aus seinen trüben Gedanken geweckt. Jan Hansen ging zum Sprossenfenster, um auf die Straße zu schauen. Dort bot sich ihm ein seltenes Bild. Eine große, grauhaarige Frau mit strammem Dutt kniete neben einem originellen Wohnmobil. Mit den rot weiß karierten Gardinen und weiß gestrichenem Innenleben sah es aus wie ein skandinavisches Sommerhaus auf Rädern.

Sie begutachtete seelenruhig einen geplatzten Hinterreifen. Dahinter hatte sich bereits ein langer Stau gebildet. Die genervt hupenden Autofahrer schienen die drahtige Frau aber nicht weiter zu beeindrucken. Irgendwie appellierte dieser Anblick an seine Hilfsbereitschaft. Jan Hansen bemühte sich die Treppe herunter und eilte der Dame zur Hilfe. Mit Unterstützung einiger Passanten schoben sie den Wagen vor seine

Einfahrt und tauschten den kaputten Reifen gegen das Ersatzrad aus.

Zufrieden hielt Oma Mira Jan Hansen die schlanke, verschmutze Hand hin und sagte: „Vielen Dank für Ihre Hilfe. Mein Name ist übrigens Mira Lange". Jan Hansen streckte ebenfalls seine dreckverschmierte Hand aus und antwortete lächelnd: „Gern geschehen. Ich heiße Jan Hansen", und fügte beim Anblick der Hände freundlich hinzu: „Wenn Sie sich die Hände vor der Weiterfahrt noch waschen möchten, gehen Sie mir einfach nach. Ich zeige Ihnen das Bad."

Oma Mira nickte und folgte ihm ins Haus. Sie schaute sich interessiert um. Die Wohnung wirkte kühl und war funktional eingerichtet. Im Wohnzimmer standen vereinsamt ein schwarzer Ledersessel und ein Sofatisch aus Glas. An der Wand prangte ein riesiger Flachbildschirm. Die mitleiderregende Zimmerlinde in der Ecke schien schon seit Wochen auf Wasser zu warten. Während des Händewaschens fiel Oma Miras Blick auf eine helle Stelle an der etwas vergilbten Tapete. „Na, das sieht nach Auszug aus", murmelte sie. Jan Hansen rief aus der Küche: „Möchten Sie auch einen Kaffee?" „Nein, danke! Aber ein Pfefferminztee wäre nett", stimmte Oma Mira zu.

In der Küche streifte ihr Blick über die auf dem Tresen liegenden Scheidungspapiere. „Aha, also doch ...und noch ganz frisch", dachte sie. „Darf man fragen, wo es hingehen soll?", unterbrach Jan Hansen ihre Gedanken. „Nach Hamburg zu einer Diaman...äh Familienfeier", erwiderte Oma Mira taktvoll. „Oh, Hamburg - da sind Sie zu beneiden! Tolle Stadt. Ich habe da mal eine paar Semester Soziologie studiert", erinnerte sich Jan Hansen mit einem wehmütigen Lächeln auf den Lippen. „Wenn Sie noch nichts weiter vorhaben – ich hätte da eine Mitfahrgelegenheit anzubieten. An diesem Wochenende ist Hafengeburtstag und evtl. erreichen Sie noch alte Studienkollegen...", ermunterte Oma Mira ihn die erhellenden Gedanken weiter zu verfolgen.

Jan Hansen schaute nachdenklich auf das freundliche Gesicht von Oma Mira und gab sich einen Ruck. "Warum eigentlich nicht? Wissen Sie was? Geben Sie mir 20 Minuten zum Packen und zum Telefonieren. Danach nehme ich Ihr Angebot gern an!"

Oma Mira nutzte die Zeit, um mit Cicero spazieren zu gehen. Eine knappe halbe Stunde später saßen beide in Oma Miras betagtem Wohnmobil und fuhren erwartungsvoll auf der Autobahn Richtung Große Beltbrücke. „Was für eine Ruhe dieses herrliche Panorama ausstrahlt! Einfach unglaublich entspannend dieser weite Blick. Das erinnert mich immer an ein Gefühl von Freiheit. Ich fühle wieder genau, was mich nach Kopenhagen gezogen hat", geriet Oma Mira beim Ausblick von der Brücke ins Schwärmen.

„Hm", erwiderte Jan Hansen erstaunt und nahm zum ersten Mal wahr, wie galant sich die Sonnenstrahlen auf dem Wasser spiegelten. Er hatte die Überfahrt bisher immer als notwendiges Übel und kostspieligen Faktor betrachtet. „Woher kommen Sie denn ursprünglich?", fragte er wieder betont sachlich. „Eigentlich komme ich aus der Lüneburger Heide in Deutschland. Nach dem Tod meines Mannes hatte ich mich noch mal verändern wollen. Da war das Jobangebot von der deutschen Schule St. Petri Kopenhagen wie ein Volltreffer. Dort habe ich sehr gern bis zu meinen Ruhestand als Deutsch- und Sportlehrerin gearbeitet" „Oh, aus Deutschland - das hätte ich jetzt nicht gedacht. Ich hatte eher südliches Dänemark getippt", gab er ehrlich zu, während er die Sonnenblende herunterklappte.

In diesem Augenblick segelte Oma Miras unerfreulicher Brief zu Boden. „Ach ja, die Kündigung von meinem Vermieter. Lassen Sie den Umschlag am Besten im Handschuhfach verschwinden. Dann habe ich wenigstens bis Montag Ruhe!" Sie schaltete wieder ihre Thomas Helmig CD ein und sang leise mit. Jan Hansen schaute Oma Mira verblüfft von der Seite an und dachte: „Irgendwie verrückt! Vor ein paar Stunden döste ich noch frustriert auf meinem Sessel und nun befinde ich mich neben einer fröhlich singenden Oma in einem originellen Wohnmobil auf dem Weg nach Hamburg. Mit an Bord ein schnarchender Hund und ein Kündigungsschreiben." Er fühlte sich wie in einem Film. Aber in keinem schlechten, sondern irgendwie in so einem Film mit Happy-End. Schmunzelnd lehnte er sich zurück und begann sich zu entspannen.

Nach einer Weile traute er sich mitzusummen. Wenig später sang er mit Oma Mira den Refrain von Thomas Helmigs Song „Op og Ned" im Duett.

Nach etlichen Kilometern und zwei Pausen waren sie in Hamburg angekommen. Oma Mira ließ Jan Hansen am Hauptbahnhof raus. „Hier haben Sie noch meine Handynummer, damit wir uns auf dem Rückweg nicht verpassen", verabschiedete sie sich. „Vielen Dank für die nette Fahrt! Bis Sonntag dann, elf Uhr, gleicher Treffpunkt", erwiderte er dankend und steckte die Nummer in seine hintere Hosentasche. Jan Hansen ging zu seinem reservierten Hotel in die Innenstadt. Oma Mira wandte sich ihrem Hund zu und meinte: „Na Cicero! Gleich haben wir es geschafft! Da vorne müsste unser Stellplatz sein. Ja, steht schon dran „Wohnmobilhafen".“

Beim Abendspaziergang mit Cicero ließ sie die Atmosphäre der hektischen Großstadt auf sich wirken. Hier hupte es, dort quietschten die Reifen und von irgendwo heulten die Alarmsirenen der Feuerwehr. All das spielte sich eingebettet in einen Dunst von Autoabgasen, den Massen von Autos produzierten, ab. „Irgendwie ganz anders als Kopenhagen. Natürlich kann man Hamburg mit Kopenhagen nur schwer vergleichen, aber es gäbe da so einige Bereiche, wo man sich inspirieren lassen könnte. Zum Beispiel in Punkto Fahrradfreundlichkeit", überlegte sie.

Zurück im Wohnmobil bereitete sie sich einen Salat mit Schafskäse zu und kochte sich einen Tee. Sie betrachtete noch einmal die Einladungskarte für die morgige Diamantenhochzeit, bevor sie müde einschlief. Am nächsten Morgen sprang Oma Mira frisch aus dem Bett, schlüpfte in ihr rot-weißes Laufdress und lief ihre 5km Wochenendrunde mit Cicero. Während des Joggens hatte sie stets die besten Ideen. „Mann, Mann, Mann, was mache ich bloß mit dieser Kündigung? Jetzt heißt es mal wieder umziehen. Mit all meinen Büchern. Das wird wieder ein Geschleppe. Eigentlich müsste ich professionelle Vorlese-Oma werden! Bei der Bibliothek!", je länger sie darüber nachdachte, desto mehr gefiel ihr der Gedanke. Erstens liebte sie Bücher und zweitens hatte sie schließlich ihr Leben lang vorgelesen; zuerst ihren jüngeren Geschwistern, dann ihren Kindern und Enkelkindern und als Lehrerin natürlich auch ihren Schülern.

Frisch geduscht setzte sie sich an den Laptop und tippte eine neu ausgebrütete Geschichte mit dem Titel „Schmunzelbriefe" ein. Wie immer benannte sie die Hauptperson nach einem ihrer Enkel. Diesmal entschied sie sich für den siebenjährigen Louis. Mit dem sprachinteressierten Jungen hatte sie eine umfangreiche Teekesselchen-Sammlung angelegt und schrieben sich oft Briefe, die sie immer schön verzierten.

Pünktlich um 14.30 Uhr bog Oma Mira mit ihrem Wohnmobil auf den Parkplatz vor der Kirche ein. Während sie sich in Schale warf, hörte sie draußen bekannte Stimmen rufen: „Da steht Omas Wohnmobil! Kommt schnell her!" Oma Mira öffnete die Wagentür, um ihre stürmischen Enkel Tim, Tom, Louis und Mia freudig in die Arme zu nehmen.

Nach und nach trudelten alle Gäste ein. Vor Oma Miras Wohnmobil entwickelte sich ein legeres Begrüßungschaos. Mitten in der Menschentraube stand Oma Mira in ihrem eleganten roten Kleid aus Seide, anstatt Handtasche hielt sie ihren Hundemischling Cicero auf dem Arm. Von der einen Seite tuschelte eine ältere Stimme: „Typisch Mira, immer für eine Überraschung gut. Wie damals, als sie nach Hugos Tod einfach noch mal im Ausland neu angefangen hat! Den Mut muss man erstmal haben!"

Das einsetzende Kirchengeläut beendete die Begrüßungszeremonie. Die Gäste nahmen in der Kirche Platz und warteten gespannt auf den Einzug der Jubilare. Oma Mira wollte Cicero bei den sommerlichen Temperaturen natürlich nicht im Camper lassen, darum schmuggelte sie ihn kurzerhand mit hinauf auf die Seitenempore zu den Enkelkindern. Mia flüsterte aufgeregt: „Meinst du, Großtante Ilse hat eine Gardine auf dem Kopf?", Oma zuckte geheimnisvoll mit den Schultern.

Auch wenn Tante Ilse weder weiß gekleidet war noch einen Schleier trug, wirkte das Diamantpaar elegant und harmonisch beim gemeinsamen Gang zum Altar.

Dank der tollen musikalischen Gestaltung und einiger witzigen Anekdoten in der Predigt war der Gottesdienst für alle angenehm. Selbst die Zwillinge Tim und Tom waren mit Hilfe von Omas puscheligem Begleiter leicht zu beschäftigen. Dicht aneinandergekuschelt bildeten ihre Beine einen gemütlichen Liegeplatz für den Hund. „Sieh mal Oma! Cicero liegt wie eine Katze bei uns auf dem Schoß", so genossen alle drei entspannt die ausgiebige Streichelstunde.

Für die anschließende Feier hatten Ilse und Siegfried das Wasserschloss in der Speicherstadt ausgewählt. „Klasse, alle Kinder sitzen bei Oma Mira!", freute sich der siebenjährige Louis, als er die Platzkarten auf den elegant gedeckten Tischen sah.
Nachdem Oma Mira dem Paar im Trubel gratuliert und die Hortensien samt Karte überreicht hatte, ließ sie sich zufrieden am Tisch ihrer Enkel nieder. Sie zwinkerte den Kindern zu und verteilte ihre Mitbringsel. „Boah, ein echtes Gebiss!", platzte Mia laut heraus, als sie das Geschenkpapier aufgerissen hatte. „Seht mal, die Zähne sind locker und man kann sie herausnehmen." Überraschte und ermahnende Blicke richteten sich von allen Seiten des Festsaals auf den Kindertisch. „Psst!", legte Oma Mira geheimnisvoll den Zeigefinger auf ihren Mund. „Das ist ein echtes Erbstück von deiner Mama früher. Der wertvolle Wildschweinunterkiefer war damals die Attraktion in ihrem selbst angelegten Museum. Neben den zwei originalen Kuhhörnern, die Tim und Tom jetzt erben, natürlich", flüsterte sie.
Darüber hinaus gab es noch riesige Pinienzapfen und eine selbstgebastelte Muschelkette für Mia zu bestau-

nen. Nur Louis bekam kein Erbstück aus dem damaligen Kindermuseum. Da er gerade sein Bronzeschwimmabzeichen erworben hatte, hatte Oma Mira für ihn Taucherbrille und Schnorchel besorgt. Geschickt probierte Louis sie gleich auf und nuschelte durch den Schnorchel: „Das ist der Oberknaller, Omi! Passt genau!"

Jemand klopfte mit einem Löffel ans Glas. Allmählich wurde es still im Saal und alle Augen richteten sich auf die Gastgeber Ilse und Siegfried. Siegfried blickte liebevoll seine Ehefrau an und verkündete mit aufgeregter Stimme:

„Ich bin kein großer Redenschwinger, aber heute an diesem Ehrenfest möchte ich doch gern ein paar Worte an meine zweite Hälfte richten!

Liebe Ilse, ich habe in dir einen tollen Menschen zum Leben-Teilen gefunden. Für die letzten 60 Jahre bin ich sehr dankbar! Schön, dass ihr alle gekommen seid, um mit uns diesen besonderen Freudentag zu feiern. Und nun möchte ich feierlich das Büfett eröffnen."

Kaum war das Startsignal ertönt, rasten die Kinder los. Tim und Tom waren als erste am Büfett. Dicht dahinter folgte Louis, der einige Schwierigkeiten mit seiner beschlagenen Taucherbrille hatte.

„Na, du Dreikäsehoch! Was für einen hanebüchenen Unsinn treibst du denn da?", fragte Großonkel Georg ernst, als Louis mit der Taucherbrille beim Torte auswählen die Deko schrammte. Erschrocken drehte Louis sich um und rannte verwundert zu Oma Mira an den Tisch. „Oma, komm schnell! Der alte Mann da kennt noch ausgestorbene Wörter!", näselte er durch seine Taucherbrille, die mittlerweile durch eine Sahne-Schokostreuselverzierung auffiel.

Auf seinen Gehstock gestützt näherte Großonkel Georg sich langsam dem Kindertisch. Oma Mira rückte ihm einen Stuhl zurecht und empfing ihn freundlich: „Hallo Georg! Louis, der Tortentaucher, ist ganz beeindruckt von dir! Setzt dich doch ein bisschen zu uns", schlug Oma Mira vor und war ihm beim Platz nehmen behilflich. Die braune Gehhilfe zwischen seine Beine geklemmt saß Georg etwas zittrig auf dem Stuhl und musterte den Kindertisch. Zwischen Tortentellern, Saftgläsern und Servietten erblickte er durch seine dicken Brillengläser den Wildschweinunterkiefer und zwei daneben liegende Eckzähne. „Was ist denn das, bitte?", fragte er mit düsterem Unterton. „Ein echtes Erbstück! Betrachte es einfach als Naturpuzzle", erwiderte Oma gelassen. „Mira, Mira du änderst dich nie", schüttelte Georg verblüfft den Kopf. „Warum so ernst? Wir sind hier doch nicht auf einer

Beerdigung! Erzähl uns mal etwas von deiner Schulzeit!", lachte Oma Mira.

Jetzt war das Eis gebrochen. Der 92-jährige Zeitzeuge hatte zum Erstaunen der Enkelkinder unglaubliche Geschichten zu erzählen. Louis hörte besonders aufmerksam zu und notierte sich mit Omas Hilfe die seltsamsten Wörter wie Fisimatenten, Fatzke und Kleckerbuschen aus seinen Erzählungen. So verging die Zeit wie im Flug. „Nöh, jetzt schon nach Hause?", nölten Tim und Tom enttäuscht, als ihre Eltern am späten Abend zum Aufbruch riefen. Beim Abschied freuten sich alle sehr darüber, dass sich die verschiedenen Generationen in so netter Atmosphäre entspannt austauschen konnten.

Alle Gäste, die vor Ort übernachtet hatten, trafen sich am nächsten Morgen noch zum gemütlichen Abschiedsbrunch. „Mira, möchtest du noch Obst und Kuchen mitnehmen, bevor es wegkommt?", verteilte Ilse die Reste vom Fest. Oma packte ein Möhrchen für Cicero und zwei Lunchpakete ein. Eins für sich und das andere für Jan Hansen, den sie Punkt 11.00 Uhr am Hamburger Hauptbahnhof wieder einsammelte. Für die Rückreise hatten sie sich auf die schnellste Route mit Fährverbindung von Puttgarden geeinigt.

Müde und in Erinnerungen schwelgend saß Jan Hansen erneut auf dem Beifahrersitz von Oma Miras originellem Camper. Diesmal jedoch in einer ganz anderen Gemütsverfassung. Bei seinem Bericht von seinem erfüllten Wochenende mit Studienkollegen blühte er richtig auf. „Mann, was hatten wir damals noch für große Träume!", schwärmte er von einer Zeit, in der das Budget zwar knapp war, aber die gefühlte Freiheit groß.

Gegen 16.00 Uhr bogen sie in Kopenhagen in den Großen Meerjungfrauenweg ein. Vor der Hausnummer 23A hielt Oma Mira an und lieferte Jan Hansen ab. „Vielen Dank für das spontane, unkomplizierte Wochenende! Das war richtig inspirierend!", verabschiedete sich der aufgewühlte Jan Hansen.

2. Aufbruchsstimmung

Zwei Wochen nach der Hamburgtour verspürte Oma Mira immer noch nicht die leiseste Ahnung, wie sie an eine geeignete bezahlbare Wohnung herankommen sollte. Sie hatte schon im Fitnesscenter und an der Universität Aushänge mit dem Text: „Gemischte WG sucht neuen Wohnraum in toleranter Preislage und tierlieber Umgebung", angeklebt und sich auf die Warteliste der Wohnungsgesellschaften setzen lassen.

Jan Hansen saß in seinem Wohnzimmer und las die Wochenendausgabe der 'Politiken'. Ein Artikel über eine neue Brennholzsteuer machte ihn nachdenklich. „Im Zuge der Klima- und Energie-Diskussion kommen noch einige Änderungen und Kosten auf einen zu. Die Fenster des Hauses müssten eigentlich auch erneuert werden. Ökonomisch betrachtet ist das große Haus mit einer Person absolut fehlbesetzt. Leider gibt es keine abgeschlossenen Wohneinheiten, sonst könnte ich im Prinzip untervermieten", überlegte er.
Beim Öffnen der Tagespost stutzte er über einen Brief, der den Veranstaltungskalender der Oper enthielt. „Dieses unsinnige Opern-Abo läuft immer noch!", ärgerte er sich. Damals erregte der Bau der königlichen Oper auf der Insel Holmen gegenüber von Schloss

Amalienborg große internationale Aufmerksamkeit. Jan Hansens Exfrau bestand nach der Eröffnung nicht nur aus Interesse an der Musik auf einem Abo. Er selbst hatte sie allerdings zu den Vorstellungen äußerst selten begleitet. Seit gut drei Jahren war er gar nicht mehr dort gewesen. Ein komisches Gefühl stieg in ihm hoch.

Widerwillig blätterte er das Programm durch. Ludwig van Beethovens Fidelio stand für diesen Abend auf dem Programm. Er kratzte sich mit Mittel- und Zeigefinger an der Stirn. „Vielleicht sollte ich doch spontan das Abo mal nutzen, wenn es schon bezahlt ist!", besann er sich und dachte an das gelungene, ungeplante Wochenende in Hamburg zurück. Der 54-jährige erhob sich langsam aus seinem schwarzen Ledersessel und schaute instinktiv aus dem Fenster. Diesmal prasselten die Regentropfen auf die Straße. Zögernd suchte er die Telefonnummer von Mira Lange heraus, die sie ihm am Hamburger Hauptbahnhof zur Sicherheit gegeben hatte. Unentschlossen hielt er inne, entschied sich dann aber doch die grüne Anruftaste zu drücken. „Mira Lange", ertönte eine Stimme. „ Jan Hansen, der Beifahrer von.. -" „ Ja, ja schon klar! Bin im Bilde!", unterbrach Oma Mira seine Erklärung. „Was verschafft mir die Ehre?" „Ja also. Ich weiß nicht, wie es zeitmäßig bei Ihnen aussieht, aber falls Sie Lust und

Zeit hätten, würde ich Sie gern zu einem Opernbesuch einladen. Hm, heute Abend", rückte er mit seinem Anliegen heraus. „Oh ja! Das ist eine schöne Idee! Da war ich seit der Eröffnung nicht mehr", stimmte Oma Mira sofort begeistert zu. „Ich könnte Sie auch abholen, damit Sie Ihr Wohnmobil nicht bewegen müssen und bei diesem Regenwetter trocken bleiben", bot Jan Hansen erleichtert an. „Das wäre nett! Ab 19.00 Uhr bin ich startklar im alten Hans Christian Andersen Weg 138."

Jan Hansen betätigte vorsichtig den gusseisernen Türklopfer an der Haustür der Nummer 138. Prompt antwortete ein bellender Hund. „Ah, hallo! Kommen Sie rein. Ich bin in drei Minuten fertig ", begrüßte ihn eine sportlich gekleidete Oma Mira. Als Jan Hansen die Wohnung betrat, stürmte Hundemischling Cicero Schwanz wedelnd auf ihn los. Die beiden grünen Lovebirds in der Voliere schlugen beim Anblick des unbekannten Eindringlings Alarm. Sie plusterten sich auf und zwitscherten drauflos. „Ganz ruhig, ihr beiden! Romeo und Julia habe ich von meinen ehemaligen Nachbarn geerbt. Nach der Pensionierung sind sie nach Spanien ausgewandert. Und hier im Käfig versteckt sich noch Freddy der Hamster. Sozusagen eine Notübernahme wegen einer Tierhaarallergie in der ursprünglichen Besitzerfamilie", informierte Oma

Mira ihren Besucher. „Sitz, Cicero! Na, ihr kennt euch ja schon vom Hamburgausflug! Dieser verspielte Hunderüde vervollständigt meine WG", fügte sie mit ruhiger Stimme hinzu. „Ich komme gerade von meinem Core-Training-Kurs und ziehe mich noch schnell um! Schauen Sie sich währenddessen ruhig in meiner Bibliothek um."

Eins der vier weißen Bücherregale war in zwölf Fächer eingeteilt und jedes einzelne war sorgfältig beschriftet. Die Kategorien gingen von „Alte Schinken" über Sophie, Julia, Luca, Tim+Tom, Mia, Louis, Marie, Jonas, Philipp, Lisa und Alexander. „Interessante Bücher-Ordnung", wunderte sich Jan Hansen. „Für Insider liegt das System auf der Hand", erläuterte Mira lachend aus der oberen Etage. „Ich habe für jedes meiner zwölf Enkelkinder ein Bücherfach eingerichtet. Die Namen sind von unten nach oben nach aufsteigendem Alter angeordnet. Hier stelle ich lohnendes Lesefutter für jeden einzelnen zusammen. Für die Kleinen gab es unter anderem die gesamte Reihe von „Wieso, weshalb, warum" aber auch „Bobo Siebenschläfer" oder Kinderklassiker wie „Pettersson und Findus", „Kinder aus Bullerbü", Ilse Klebergers „Oma Bücher" usw. „Für die etwas größeren Kinder wurden „Conni", „Die kleine Hexe", „Die turnende Tante",

„Pippi Langstrumpf", „Jim Knopf" oder „Momo", „Die unendliche Geschichte", „Sophies Welt", „Die Tore der Erde", „Die Drei ???", und etliche Naturführer angeboten. So war für jedes Kind eine bunte, mit Bedacht ausgewählte Mischung dabei. Darüber hinaus beherbergte die Abteilung „lesenswerte alte Schinken" Bücher wie George Orwells „1984" und Biografien der verschiedensten Persönlichkeiten.

Zwischen der imponierenden Büchersammlung waren drei Paketbandleinen befestigt. Mit Holzwäscheklammern wurden dort fertige Zeichnungen und Kurzgeschichten wie nasse Wäsche aufgehängt. „Schmunzelbriefe" stand als Überschrift auf einem Blatt, daneben hing eine Zeichnung mit einem verzierten Briefumschlag. Auf der nächsten Leine hing eine Bleistiftskizze von einem Kind mit aufgesetzter Taucherbrille und Schnorchel.

Über einem alten Schaukelstuhl prangte ein silberner Bilderrahmen, der innen mit schwarzer Tafelfarbe ausgemalt war. Hier schrieb Oma Mira ab und an passende Sprüche drauf. Zurzeit stand dort ein bekanntes Zitat von Albert Einstein zum Thema ‚Phantasie', welches sich stilvoll ins Zimmer fügte.

„Dieses Ambiente spiegelt augenscheinlich die vier berühmten K´s wieder. Klasse, kecke Künstler-Kammer!", erfreute sich Jan Hansen in Gedanken über die ungewöhnlich individuelle aber lebendige Atmosphäre der Wohnung.

Oma Mira schritt im selben roten Lieblingskleid wie bei der Diamantenhochzeit die Treppe hinunter. „Was für eine Ausstrahlung diese Person hat. Egal ob Jeans oder Kleid immer eine würdevolle, authentische Erscheinung", bemerkte Jan Hansen insgeheim als Oma Mira sich ihren Mantel überwarf.

Höflich hielt Jan Hansen der 71-jährigen Mira Lange die Beifahrertür seines dunkelblauen Ford-Kombis auf. Auf der Fahrt zur königlichen Oper nahm der Regen allmählich ab. Jan Hansen setzte den Blinker, um schwungvoll rechts auf den Parkplatz zu biegen. „Nicht so rasant! Da kommen noch zwei ältere Damen mit Rollator. Die haben noch Vortritt!", informierte ihn Oma Mira aufmerksam. „Natürlich", antwortete Jan Hansen bekräftigend, während er bremste. Jan und Mira schauten lächelnd den langsamen Bewegungen der festlich gekleideten Seniorinnen zu. Diese schienen sich gegenseitig durch ihre Brillen zu zuzwinkern. Unverhofft begannen sie zu grinsen und spurteten mitsamt Rollator, so gut sie konnten, los. Sogar die Locken der korrekten Fönfrisuren unter den

Hüten wippten mit. Dabei feixten sie sich einen und blickten stolz zu Jan Hansen und Oma Mira ins Auto hinein. „Klasse Szene! Wie aus einem Film entsprungen! Ha! Die beiden Damen legen mal kurz den Turbo ein", freute sich Oma Mira über die völlig unerwartete Wendung der Situation. Um ihrer Begeisterung Nachdruck zu verleihen hielt sie den nach oben gestreckten Daumen zum Fenster.

Gut aufgelegt betraten Jan Hansen und Oma Mira das Opernhaus. Sie nahmen ihre Plätze seitlich auf dem ersten Balkon in der C-Kategorie ein und schauten sich erwartungsvoll um. Links unten, mittig im Parkettbereich erkannte Mira dank ihres Fernglases tatsächlich die sympathischen Turbo-Rollator-Damen wieder. „Schön, dass die beiden auch einen netten Abend hier verbringen", dachte Oma Mira. Dann vertiefte auch sie sich interessiert ins Programmheft.

„Jetzt erinnere ich mich! Die Befreiungsoper Fidelio habe ich schon einmal in Hamburg, mit meiner damaligen Studenten-WG gesehen. Total verrückt. Ein Mitbewohner hatte zum Junggesellenabschied geladen und natürlich nichts von der Oper gesagt! Im Nachhinein betrachtet war es eigentlich der bedeutungsvollste und gelungenste Junggesellenabschied bei dem ich je dabei war", flüsterte Jan Hansen Mira zu. „Kann ich mir vorstellen. Netter Einfall! Ein Studi-WG–Überraschungs-Opernabend", schmunzelte sie.

Der große Vorhang ging auf und Jan Hansen genoss ganz entspannt gemeinsam mit Mira Lange die eindrucksvolle Aufführung.

Auf dem Heimweg diskutierten sie lebhaft über die Inszenierung.

„Mit ihrem Temperament wären Sie damals eine echte Bereicherung für unsere Studenten-WG gewesen", meinte Jan Hansen respektvoll zum Abschied. „Was nicht war, kann ja noch werden!", gab sie lächelnd zum Besten. „Zum Beispiel in einer Senioren-Studi-WG!" Dann schlug sie vorsichtig die Autotür zu und winkte freundlich.

Über diesen letzten Satz dachte Jan Hansen abends noch lange nach.

Trotz einer sehr unruhigen Nacht, in der er sich aufgeregt im Bett hin und her wälzte, war Jan am nächsten Morgen zufrieden und abgeklärt. Nach seinem Morgen-Cappuccino griff er entschlossen zum Telefon und wählte wieder Mira Langes Telefonnummer. „Ja?", erklang ihre Stimme etwas außer Atem. Sie war gerade zusammen mit Cicero auf ihrer Wochenend-Joggingtour unterwegs. „Jan Hansen hier. Vorausgesetzt Ihre Wohnungssuche war noch nicht von Erfolg gekrönt, hätte ich Ihnen einen Vorschlag zu machen", kam er diesmal direkt zur Sache. Oma Mira stoppte überrascht ab und erkundigte sich neugierig: „Haben Sie etwa eine Wohnung für mich aufgetan?" „Na, lassen Sie es mich mal so formulieren. Sie könnten Gründungsmitglied in der geplanten WG im großen Meerjungfrauenweg 23A werden", antwortete er. „Das hört sich sehr interessant an. Wollen wir uns gegen 19.30 Uhr nach dem Abendessen bei Ihnen treffen, um über Details zu sprechen?", schlug sie unbeschwert vor. „Abgemacht. Bis dann!", stimmte Jan Hansen erfreut zu.

„Ich zeige Ihnen das mal hier auf dem Plan mit dem Grundriss von der Wohneinheit im Großen Meerjungfrauenweg 23A. Von der Größe her betrachtet ist mein Haus super WG-geeignet. Aber es gibt eben keine komplett getrennten Wohneinheiten. Die Küche, Ess- und Wohnzimmer, Bad und ein Schlafzimmer befinden sich im Erdgeschoss. In der ersten Etage gibt es dann zwei große und ein kleines Zimmer samt Gäste-WC. Das Dachgeschoss könnte man obendrein in ein großes gemütliches Studiozimmer ausbauen. Im Keller gibt es einen Werkraum, eine Waschküche mit Anschlüssen für Waschmaschinen, eine kleine Vorratskammer und Abstellmöglichkeiten für Fahrräder. Jetzt stellt sich die Frage, ob wir beide damit klarkommen würden, wenn jeder von uns zwei private

Zimmer zur Verfügung hätte, uns allerdings Wohnbereich, Küche und Bad teilen müssten."

„Im Prinzip bin ich ganz umgänglich. Nur bringe ich ja noch meine Tiere mit. Wäre es denn möglich einen Stellplatz für die Voliere und den Hamsterkäfig im Wohnzimmer zu finden?", fühlte Oma Mira vor.

„Das kriegen wir hin! Seit dem Auszug meiner Frau vor über zwei Jahren ist das Haus leer geworden. Und das liegt nicht nur an den Möbeln, die sie mitgenommen hat. Glauben Sie mir, ich habe es in der letzten Zeit zu schätzen gelernt, wenn ein bisschen Leben in die Bude kommt", war Jan Hansen zuversichtlich eine geeignete Lösung zu finden. "Hört sich gut an! Könnte ich die Zimmer oben mal sehen?", bekräftigte Oma Mira ihr Interesse am WG Angebot. „Natürlich! Kommen Sie! Mein Vorschlag wäre, dass ich meinen Arbeitsplatz nach unten in das kleine Zimmer verlege und hier oben im kleinen Zimmer mein Schlafzimmer einrichte. Diese beiden großen Räume wären dann Ihr Reich. Wohnzimmer und Essplatzmöbel müssten dann irgendwie neu kombiniert werden. Aber unten im Keller gibt es auch Platz zum Unterstellen für Möbel, die erstmal über wären", erklärte Jan Hansen seinen Plan.

Oma Mira ging durch das ganze Haus und versuchte die Atmosphäre zu erspüren. Allmählich füllte sich ihr

Kopf mit Einrichtungsideen und sie bekam ein gutes Bauchgefühl. „Ich kann mir das mit der WG gut vorstellen, möchte aber gerne noch einmal drüber schlafen und in mich hineinhören", äußerte Mira Lange zum Abschluss der Besichtigungstour. „Voll in Ordnung! Ich habe gestern auch die ganze Nacht gegrübelt!", unterstütze Jan Hansen Miras Wunsch.

„Tschüss! Dann bis morgen! Ich rufe Sie an", verabschiedete Mira sich und sauste auf dem Fahrrad davon. Am anderen Morgen rief Mira Jan Hansen an und stimmte zu. Je länger sie über die WG-Gründung nachdachte, desto mehr Lust verspürte sie mit dem Packen zu beginnen. Dies war ein sicheres Zeichen, dass sie die richtige Entscheidung gefunden hatte.

„Wunderbar! Dann darf ich Sie also als Gründungsmitglied der WG begrüßen!", hallte Hansens Stimme aus dem Telefon. „Beim Einzugstermin wäre ich flexibel. Im Prinzip ginge es ab sofort. Da könnte ich mich ganz nach Ihnen richten. Ich lasse Ihnen einen Mietvertrag per Post zukommen. Den können Sie in Ruhe durchlesen."

Eifrig begannen beide mit den Vorbereitungen. Jan Hansen nutzte die Zeit nach dem Büroalltag um das Haus im Großen Meerjungfrauenweg WG-klar zu machen. Hierfür mussten die zwei großen Zimmer in der ersten Etage komplett leer geräumt werden und sein Schlaf- und Arbeitszimmer die Plätze tauschen. Nach und nach blühte er in der handwerklichen Arbeit auf und genoss es, sein eingestaubtes Werkzeug hervorzukramen. Mit hochrotem Kopf und erschöpft von der ungewohnten körperlichen Aktivität setzte er sich abends auf seinen schwarzen Ledersessel und betrachtete das Ergebnis seiner Bemühungen. Er spürte mit den fortschreitenden Veränderungen, wie eine lang ersehnte frische Brise ins Haus Einzug hielt.

Gleichzeitig versuchte Mira Lange bei sich im alten Hans Christian Andersen Weg alle Sachen in Umzugskartons zu verstauen. Die Bücher wurden mit Kleidung kombiniert um das Gewicht der Kisten rückenschonend zu gestalten. Obwohl sie die Gelegenheit nutzte, einige Dinge auszumisten, stapelten sich am Ende 43 sauber gepackt und beschriftete Umzugskartons in den leeren Zimmern.

Als sie draußen ihre Blumentöpfe zusammenstellte wunderte sie sich: „Wieso wimmelt es hier bei meinem Hortensienkübel eigentlich so von Ameisen? Ach je! Da hat jemand seinen roten Erdbeerlutscher neben die Blumen eingepflanzt! Na! Ich weiß auch schon, wer da seine Gärtnerqualitäten ausprobiert haben könnte. Nur gut, dass ich letztens nicht zufällig den Topf mit dieser neuen Kreation als Geschenk zur Diamantenhochzeit ausgesucht habe", kicherte sie in sich hinein.

Das brachte sie auf die Idee für eine neue Vorlesegeschichte, die sie „Ameisenfest" nannte und der optimistischen Enkelin mit den tollen Ideen widmete.

Dann war es endlich soweit. Der große Umzug konnte beginnen. Gemeinsam mit seinem 30-jährigen Sohn Morten fuhr Jan Hansen den geliehenen VW Sprinter im alten Hans Christian Andersen Weg vor. Mira wartete schon vor der Tür und lotste sie auf die freigehaltenen Parkplätze. „Hallo, ich bin Morten, Jans Sohn!", begrüßte der Helfer Oma Mira. „Vielen Dank, dass Sie hier mit anpacken!", begegnete Mira ihm aufmerksam. „Ich bin Jans neuer WG-Kompagnon!"

Während Jan und Mira noch die letzten Schränke, Kommoden und das Bett abmontierten, begann Morten bereits mit dem Beladen des Wagens.

Vorsichtshalber wollte Mira die Voliere mit den beiden Lovebirds, den Hamster Freddy samt Käfig, Hund Cicero, die restlichen Hortensien und den riesigen, gelben Gymnastikball, den sie als Bürostuhl nutzte, persönlich mit ihrem Wohnmobil zu der neuen Wohnung transportieren! Als alles eingeladen war, fegte sie die Räume noch aus und schloss diese Wohnung ein letztes Mal mit zwei Umdrehungen ab. „Chaotische Kombi! Wozu so ein Wohnmobil alles gut sein kann", seufzte sie beim Blick in den Rückspiegel. Mira checkte kurz, ob die vorbereiteten Brötchen, zur Stärkung für die Helfer, sicher auf dem Beifahrersitz platziert waren. Dann fuhr sie los.

Jan und Morten erwarteten sie schon im neuen Heim. Gemeinsam legten sie eine kleine Verschnaufpause ein, in der sie sich mit Miras belegten Vollkornbrötchen und Apfelschorle stärkten. „Mit e-books umziehen geht leichter", witzelte Morten. „Trainiert allerdings auch nicht die Muckies. Und wie war das noch mit der lateinischen Redewendung über Balance zwischen Geist und Körper?", konterte Mira prompt. „Ja, ja ich sehe schon! Ihr zwei werdet unterhaltsame Stunden miteinander verbringen! Na, dann frisch voran!", grinste Morten und begann mit dem Aufbau der Bücherregale in Oma Miras Zimmer. Mira und Jan schleppten die Kartons ins Haus.

Müde, aber sehr zufrieden saßen Oma Mira, Jan Hansen und Morten abends am Küchentresen, tranken erfrischendes Wasser und verspeisten eine schnell zubereitete, selbst belegte Fertigteigpizza. Cicero lag in seinem Körbchen neben der Küchenzeile, von wo aus er alles genauestens beobachtete. Oma Mira schaute auf die vielen Umzugskartons, die überall herumstanden und stellte erleichtert fest: „Na, das hätten wir geschafft! Morgen noch auspacken und dann kann das WG-Leben richtig losgehen!". Jan Hansen wischte sich den Schweiß von der Stirn und nickte zustimmend. „Aber den ersten Akt der Befreiung würde ich heute noch gerne vollziehen!", teilte Oma Mira voll Tatendrang mit. „Und der wäre?", schaute Jan Hansen fragend hoch. „Ich werde die WG von allen künstlichen Raumdeos befreien und stattdessen echte Pflanzen und frische Luft hereinlassen." „Nur zu!", gab Jan Hansen geschafft seine Zustimmung.

3. WG-Gestaltung á la Mira

In gewohnter Manier schlurfte der 54-jährige Jan Hansen am nächsten Morgen im kleinkarierten Schlafanzug in die Küche, um sich einen Cappuccino zu machen. Da kam Cicero um die Ecke gesaust und sprang stürmisch an ihm hoch. Romeo und Julia stimmten aufgeregt ein Vogelkonzert an. Nur Hamster Freddy ließ sich nicht stören. Von ihm konnte man nichts sehen und nichts hören.

Oma Mira wuselte schon seit einiger Zeit gedankenversunken in den Umzugskartons. „Ach, Jan! Moin! Sag mal, wie wichtig ist das am-Tresen-sitzen-Gefühl für dich? Wenn du einverstanden bist, könnten wir ein wenig mehr private Gemütlichkeit ins Haus lassen. Als ersten Schritt tauschen wir den Küchentresen gegen meinen geölten Buchenholz-Küchentisch aus. Hier an der Wand würde eine große Wandtafel im Stile einer Schriftrolle das Bild abrunden", unterbreitete sie Jan ihre Vorschläge. „Meinetwegen", gähnte Jan Hansen noch etwas müde und trank seinen Cappuccino.

Ehe er sich versah, hatte Oma Mira auch schon den Akkuschrauber in der Hand. Ruck zuck war der Tresen abmontiert. Jan Hansen stellte seine Tasse auf dem Fensterbrett ab und brachte den Tresen samt

Barhocker nach und nach in den Keller. Auf dem Rückweg brachte er jedes Mal ein Element von Miras Buchenholz-Küchentisch mit rauf. Schritt für Schritt wandelte sich das Bild in der Küche. Die Wandtafel in Form einer Schriftrolle wartete buchstäblich auf ihre Einweihung. Als die schwarze Tafelfarbe trocken war, zeichnete die 71-jährige Buchliebhaberin, als Tafelpremiere, eine Skizze der WG-Hausfront in weißer Kreide darauf. Aus dem rechten oberen Sprossenfenster, des dreistöckigen Stadthauses, schaute Oma Mira selber heraus. Im Zimmer schräg darunter, konnte man Jan Hansen mit den Vögeln erkennen. Hundemischling Cicero durfte natürlich nicht fehlen. Er hob auf der Zeichnung an den Stockrosen vor der Tür sein Bein.

Jan Hansen nahm das Bild still zur Kenntnis, überlegte aber kurz, was sich durch die WG so alles veränderte. „Ich habe noch einen alten Kleiderschrank aus Kiefernholz im Keller. Wenn wir die großen Fronttüren aussägen und den Rahmen mit Draht bespannen, würde der Schrank eine geräumige Vogelvoliere abgeben. Aus den Ablagefächern neben der Kleiderstange bauen wir ein Hamsterhaus mit drei Etagen. Das Futter und sonstiges Zubehör hätten unten in der Schublade Platz", stieg Jan aktiv in die Planung ein. „Klasse! Wenn wir die Tiervilla mit natürlichen Ästen be-

stücken und sie an die kahle Wand neben die Zimmerlinde stellen, wirkt das richtig rund", unterstützte Mira
begeistert den Vorschlag. „Aber erstmal gehe ich ins
Bad und ziehe mich an", unterbrach Jan Hansen den
ungewohnt spontanen morgendlichen Arbeitseinsatz
im Schlafanzug.

Im Bad hatte Jan Hansen die linke Seite für Oma Mira
frei geräumt. Dort hing bereits Miras weißes Handtuch und stand ihr Porzellan-Zahnbecher mit grüner
Zahnbürste. Daneben lag eine Packung Zahnseide. Jan
griff nach seiner Elektrozahnbürste auf der rechten
Seite. Belustigt schaute er auf sein grau-schwarzes
Handtuch und war bemüht sich innerlich auf ein brei-
teres Farbspektrum einzustellen.

Jan und Mira staubten die Schrankteile im Keller ab,
trugen sie die Treppe hinauf und machten sich gleich
ans Werk. Es wurde fleißig gesägt und gehämmert.
Geschickt tackerte Jan Hansen den engmaschigen
Draht an den ausgesägten Fronttüren des umfunktio-
nierten Kleiderschranks fest. Bald darauf stand das
Gehäuse der geräumigen Tiervilla einrichtungsbereit
im Wohnzimmer. Oma Mira und Jan Hansen betrachteten ihr Werk und klatschten zufrieden in die Hände.

Später fuhren sie gemeinsam in ein nahegelegenes
Möbelhaus. Dort wollten sie eine flache Wanne als
Käfigeinlage und eine Lampe kaufen. Im Laden ging

Mira zielstrebig zur Badezimmerabteilung. „Halt! Hier geht es lang! Siehst du die Pfeile?", bremste Jan Hansen. „Ja, natürlich. Aber unsere Abteilung liegt ganz am Ende. Da müssen wir doch nicht durch das ganze Möbelhaus laufen. Die Pfeile sind doch eher als Orientierungshilfe zusehen. Oder steht da mittlerweile schon Einbahnstraße drauf?", entgegnete Mira Lange verblüfft.

„Findest du nicht, dass es auf Dauer anstrengend ist, gegen den Strom zu laufen?", fragte Jan Hansen, der dabei die Menschenschlange beobachtete. „Neeh! Ich finde es eigentlich angenehmer den Leuten ins Gesicht zu sehen, als hinter ihnen her zu dackeln und das Hinterteil anzuschauen", legte Mira deutlich ihre Sichtweise dar und schritt unbeirrt weiter auf dem angefangenem Weg. „Ein Fall von statistischem Ausreißer", dachte Jan Hansen und folgte ihr, beeindruckt von der spontanen Horizonterweiterung.

Schnell fanden sie das Gesuchte und bezahlten an der Kasse Lampe und Wanne. Bevor sie wieder zurückfuhren, besorgten sie im Geschäft nebenan noch eine geeignete Pflanze für die Innenausstattung des Tiergeheges. „Fertig! Gleich können sich die Lovebirds und der Hamster im neuen Reich häuslich einrichten! Damit wäre deren Umzug komplett vollzogen. Jetzt kann ich meine Kisten weiter auspacken!", war Mira zuversichtlich, dass es den Tieren in der WG gut gehen wird. Ihre mitgebrachten Vorräte an selbst gemachter Marmelade verstaute sie in der kleinen Vorratskammer im Keller des Hauses. „Komisch kühler Keller! Irgendwie total ohne Ambiente Da wird sich doch auch noch etwas machen lassen", dachte Mira und suchte sich Pinsel und schwarze Acrylfarbe aus den Umzugkartons heraus. „Hier unten an die Wand passt eine kleine Maus vor ein Mauseloch. Zwei, drei Sprossenfenster mitten auf die kahlen Stellen gemalt und dort oben noch ein kunstvolles Spinnennetz!", verzierte Mira die Kellerräume im Handumdrehen. Als Krönung platzierte sie noch „Heinrich das Hausgespenst" in der Speisekammer über den Vorräten. Nun fand sie das Kellerambiente lebendiger und stimmig.

Oma Mira stand in der Küche und bereitete das Abendessen. Durch das Fenster konnte sie Jan und Cicero beim Ballspielen im kleinen Garten zusehen. Da klingelte im Wohnzimmer das Telefon. „ Ja, hallo?", meldete sich Oma Mira. „Hallo, Oma bist du das? Hier ist Mia. Hast du Zeit zum Skypen? Ich hab da mal eine Frage", sprudelte Mia los. „Ja, in 5 min kannst du mich anskypen. Ich schalte nur noch das Essen aus", ging Oma Mira gleich auf den Wunsch ihrer aufgeweckten Enkelin ein.

Sie stieg die Treppe zu ihren Zimmern hinauf und schaltete den Laptop an. Kurz darauf meldete sich Mia per Video-Skype. „Sind Pickel auch Lebewesen, wie Tiere?", platzte Mia los. „Was für Pickel meinst du denn genau?", wollte Oma Mira wissen. „Bei uns im Kindergarten sind die Windpocken ausgebrochen. Das sind so Pickel haben die gesagt. Ich weiß aber nicht, wo drin die eingesperrt waren - nur dass wir alle immer gut die Hände waschen sollen, sonst bekommen wir auch welche", berichtet Mia. „Mit ausbrechen ist da nicht das Ausbrechen aus dem Käfig gemeint, wie bei Meerschweinchen oder so - sondern zum „Ausbruch kommen" Damit meinen sie, dass mehrere Kinder an den Windpocken erkrankt sind", erläuterte Oma Mira.

„Die Grenze, was Lebewesen sind und was nicht, ist gar nicht so leicht zu ziehen. Die Meinungen sind da auch manchmal verschieden. Wo liegt zum Beispiel der Übergang vom befruchten Ei zum Lebewesen Küken? Um sich da eine Meinung bilden zu können versucht man Gemeinsamkeiten von Lebewesen zu finden, die Merkmale genannt werden. Anhand von diesen Merkmalen versucht man Grenzen zu ziehen. Wenn du jetzt zum Beispiel an Tiere denkst, welche gemeinsamen Merkmale fallen dir da ein?", versuchte Oma Mira ihre Enkelin miteinzubeziehen. „Hm. Küken entwickeln sich im Ei, aber bei Säugetieren wachsen die Kinder im Bauch", tüftelte Mia. „Dann könnte man sagen, Lebewesen entwickeln sich und wachsen. Erfüllen die Pickel die Merkmale Wachstum und Entwicklung?", setzte Oma den Gedankengang fort. „Ja, die wachsen auf jeden Fall", antwortete Mia und ergänzte: „Ich weiß noch was! Die wollen alle nicht geärgert werden!"

„Gut! Da kann man sagen sie reagieren auf Reize, also sind reizbar!", fasste Oma zusammen. „Ja! Und das sind Pickel auch, wenn man die reizt, also kratzt, dann jucken die noch mehr!"

„Wie sieht es denn mit Bewegung aus?", machte Oma den nächsten Vorschlag. „Meinst du damit, dass alle Lebewesen sich bewegen können? Und was ist mit den Seepocken auf den Miesmuscheln oder am Stein?", entgegnete Mia, die oft am Meer Urlaub machte.

„Siehst du, es ist nicht so leicht mit der Abgrenzung! Aber ich würde Seepocken zu Lebewesen zählen und Windpocken-Pickel nicht. Im Jugendstadium bewegen sich die Seepocken, die zu der Familie der Krebse gehören, auch noch. Erst wenn sie erwachsen sind, heften sie sich fest an einen Ort. Die Pickel hingegen bewegen sich nicht. Sie sind mehr eine Reaktion des menschlichen Körpers auf den Krankheitserreger. Man kann sagen, der Windpockenvirus hat das Lebewesen Mensch gereizt und der hat mit Fieber und Pickel reagiert. Und damit nicht noch mehr Kinder vom Windpockenvirus gereizt werden, sollt ihr gut die Hände waschen", erklärte Oma Mira ausführlich.

„Ach so! Und noch ganz kurz – was heißt eigentlich 'altklug'?", wollte Mia noch wissen. „Das bedeutet ungewöhnlich klug für dein Alter. Erwachsene benutzen dieses Wort bevorzugt, wenn sie mit einer überraschenden Wortwahl von Kindern konfrontiert werden." „Super! Danke Oma! Du kannst immer so toll erklären. Bis zum nächsten Mal!", bedankte sich Mia zufrieden. „Gerne, mein Schatz" bestätigte Oma Mira und beendete winkend die Video-Skype-Unterhaltung. Sie freute sich über ihre wissbegierige Enkelin Mia und nahm sich bewusst die Zeit ernsthafte Antworten auf die Fragen der Sechsjährigen zu finden.

Gedankenversunken saß Oma Mira vor ihrem Laptop und lächelte vor sich hin. "Fast schon wie zu Hause", dachte sie entspannt und hängte ihre Wäscheleinen mit den Zeichnungen auf. Dann begannen ihre flinken Finger über die Tastatur zu fliegen. Sie hatte wieder eine Idee zu einer ihrer beliebten Kurzgeschichten ausgebrütet und tippte drauf los: „Mama, ist zwölf viel?", nannte sie diese Vorlesegeschichte und die Hauptperson hieß diesmal Mia, ihrer neugierigen Enkelin zu Ehren.

4. Emma bringt Musik ins Haus

Oma Mira hatte sich schnell häuslich in der WG im Meerjungfrauenweg 23A eingerichtet. Jan Hansen nahm dies nicht nur an der veränderten Inneneinrichtung wahr, sondern auch an dem reichhaltigeren Angebot in Kühlschrank und Speisekammer. Wo einst einsam fünf Makrelen-in-Tomatensoße-Dosen standen, hatten jetzt Miras selbstgemachte Marmeladen, einige Gläser mit Grün- und Rotkohl sowie Apfelkompott Platz gefunden. Auch die berühmte dänische Leberpastete im Kühlschrank bekam Gesellschaft von frischem Obst, Joghurt, Käse und Gemüse. Das Tiefkühlfach beherbergte nun neben Pizza unter anderem auch Wokgemüse und Falafeln.

Draußen regnete es mal wieder in Strömen. Oma Mira beschloss ihre deutschen Onlinezeitungen, über die sie sich regelmäßig auf dem Laufenden hielt, für diesen Abend zu schließen und sich früh in ihr gemütliches Bett zu kuscheln.

Plötzlich hörte sie ein dumpfes, platschendes Geräusch. Sie versuchte das ungewohnte Geplätscher zu orten. Es schien genau über ihr auf die Decke ihres Arbeitszimmers zu tropfen. „Hm. Das hört sich nach undichtem Dach an", vermutete sie aus einer gewissen Lebenserfahrung heraus. Samt Schlafanzug schlüpfte sie schnell in ihren Jogginganzug und informierte vorsichtshalber Jan Hansen.

„Jan, komm mal bitte! Ich glaube wir haben zwei Möglichkeiten. Entweder sollten wir das Haus im Hundertwasserstil umgestalten und Naturelemente integrieren oder das Dach reparieren lassen", schlug Oma Mira vor. „Machst du Scherze?", hoffte Jan Hansen noch zu Beginn.

„Nein. Der 1. April ist doch schon vorbei! Am besten du bringst eine Leiter mit", rief Mira ihm zu. Während Oma Mira Auffanggefäße, Folie, alte Handtücher und Taschenlampen besorgte, holte Jan die Leiter. Ausgerüstet mit einer Stirnlampe kletterte er hinauf und öffnete die Luke zum Dachboden. „Sch.....Scheibenkleister! Das sieht nicht gut aus! Reichst du mir die Gefäße nach oben?", bat Jan ernüchtert. Mira band sich ihre langen grauen Haare mit einem schwarzen Gummi zum Zopf zusammen, dann brachte sie die nützlichen Utensilien nach oben. Gemeinsam putzten sie die riesigen Pfützen weg und stellten provisorisch einige Kübel auf. Mira probierte angestrengt, ein Grinsen zu unterdrücken. Aber irgendwie kam ihr beim Anblick vom wischenden Jan Hansen mit Stirnlampe das Bild von Enkel Louis mit Taucherbrille beim Büfett der Diamantenhochzeit wieder in den Sinn. „Muss ich gleich aufschreiben, da lauert eine fantastische Geschichte!", machten ihre Gedanken einen kleinen, heiteren Ausflug.

„Na, hoffentlich hört das bald auf zu schütten, sonst läuft das Fass über!", stöhnte Jan mit Schweißperlen auf der Stirn und Wischlappen in der Hand. „Du hattest doch mal etwas vom möglichen Dachausbau erzählt. Wie wäre es eigentlich, wenn wir die Dachreparatur als Anlass zum Ausbau nehmen? Wäre doch eine tolle Studentenbude hier oben", schlug Mira konstruktiv vor. „Hatte mir im Frühjahr Angebote dafür kommen lassen, aber gehofft es noch zwei-drei Jahre nach hinten zu schieben. Hilft ja nichts! Das Dach muss jetzt doch komplett neu gedeckt werden. Ich werde gleich morgen die Angebote durchgehen und kümmere mich um die restlichen Genehmigungen. Na hoffentlich kriegen wir das trotz baldiger Sommerferien noch bis Ende Juli durchgezogen", schätzte er die Auftragslage der Handwerker in der dänischen Hauptstadt realistisch ein. Mira setzte sich nach Abschluss der großen Wischaktion noch an ihren Schreibtisch und tippte eine amüsante Geschichte, die sie mit 'Tauchjogging' betitelte. Natürlich nannte sie die Hauptfigur Louis, in Anlehnung an ihren erfinderischen Enkel.

Überraschenderweise klappte bei der Renovierung alles wie am Schnürchen, so dass bereits Mitte Juli ein neues Dach auf dem Haus des Meerjungfrauenweges 23A in der Sonne glänzte. Auch das neu entstandene Zimmer unter dem Dach wirkte dank des natürlichen Holzfußbodens freundlich und bezugsfertig. Da Jan Hansen beruflich gerade viel um die Ohren hatte, beschloss Oma Mira ihn in Richtung Untermietersuche unter die Arme zu greifen. Bevor Soziologe Hansen den geeigneten Typus des dritten WG Mitglieds durch die Lektüre von Statistiken und Zukunftsforschungsberichten zu ermitteln versuchte, wollte Mira Lange lieber auf ihre Menschenkenntnis vertrauen.

Sie nahm wieder ihre altbekannte Wohnungssuchroute auf und begann ihre Fühler auszustrecken. Bei den Fitnesskursen ihres Clubs erzählte sie vom Dachausbau, nebenbei erwähnte sie die Suche nach einem Untermieter. Ihre Leichtathletik-Trainingsgruppe mit der sie für die in Dänemark stattfindende Senioren-EM trainierte, informierte sie natürlich auch. Darüber hinaus führte sie ihr Weg wieder vermehrt am schwarzen Brett der Universität vorbei, um die Rubrik Wohnungsgesuche zu studieren. So richtig sagten ihr diese Annoncen allerdings nicht zu.

Oma Mira schlenderte weiter durch die Stadt und genoss das bunte Treiben auf der berühmten Einkaufsmeile Ströget, die gerade 50 Jahre alt geworden war. Sie beobachtete die unterschiedlichen Menschen und lauschte den verschiedenen Klängen. In Kopenhagen gab es eine breitgefächerte Straßenmusikerszene. Nach mehreren Beschwerden der ansässigen Geschäftsleute kam sogar schon mal die Diskussion auf, eine Straßenmusikerlizenz einzuführen, um ein gewisses Maß an Qualität zu sichern. Angelockt von einer individuellen Interpretation des alten ABBA Klassikers „Money, Money, Money" blieb Mira amüsiert vor einer engagierten Violinistin stehen. „Treffende Musikauswahl!" vor dieser Flanierkulisse. Sie durchsuchte ihre Taschen und legte zehn dänische Kronen in den aufgeklappten Geigenkasten der begabten Musikerin. Mira nahm sich die Zeit und stellte sich unter das Zuhörergrüppchen.

Bei der nächsten Spielpause suchte sie das Gespräch: „Vielen Dank für die schöne Musik! Sind sie Berufsmusikerin?" „Auf dem Weg dahin! Ich bin Emma Miller, Musikstudentin aus London. Ab nächstem Semester studiere ich hier am königlichen Musikkonservatorium. Die Semesterferien nutzte ich zur Wohnungssuche und zum Dänisch lernen", antwortete sie in ausgezeichnetem Dänisch mit englischem Akzent. „Ihr Dänisch ist ja bereits fließend! Und wie läuft es bei der Zimmersuche?", fragte Oma Mira, hellhörig geworden. „Das gestaltet sich schwieriger, als die

Sprache zu lernen...", bedauerte die zielstrebige Studentin. „Wenn sie Interesse haben, könnten sie heute um 17.00 Uhr zur Besichtigung in den Meerjungfrauenweg 23A kommen. Unsere WG sucht noch einen dritten Mitbewohner für das Dachgeschoss", schlug Mira gleich vor. „Oh, WG! Vielen Dank! Das kommt mir sehr entgegen!", erwiderte Emma Miller überrascht vom Angebot der sympathischen, unkonventionellen Dame.

Auf den Geschmack gekommen ging Mira auf dem Rückweg noch in einen CD-Laden. Da klingelte Miras Handy. Sie nahm ab, hörte jedoch nichts weiter als ein Weihnachtkonzert der drei Tenöre. „Hallo? Luca bist du das?", versuchte sie Kontakt zu einem Gesprächspartner zu bekommen. „Hallo Mama! Ich bin's, Sabine. Danke für die Einladung! Wir freuen uns schon auf dein großes Geburtstagsfest. Die Kinder sind schon sehr neugierig auf die WG! Aufgrund der beiden Kleinen, Julia und Sophia, werden wir alle Fünf jedoch im Hotel übernachten. Obwohl Luca bestimmt lieber bei den großen Cousins und Cousinen mitmischen würde", erzählte Miras mittlere Tochter Sabine. „Wie ich im Hintergrund wahrnehme, hört euer Klassik-Fan Luca immer noch die Weihnachts-CD vom letzten Jahr.

Ich stehe gerade in der CD Abteilung. Hier gibt es drei André Rieu DVD`s im Sonderangebot. Das wäre doch was für Luca. Ich schicke sie Euch rüber, so als Abwechslung für den Sommer, dachte ich", bot Mira an. „Das wird uns alle beglücken!!!", lachte Sabine.

In der WG überlegte Mira, wie sie Jan Hansen am besten den Besichtigungstermin mitteilen könnte. „Draußen ist herrliches Sonnenwetter! Kommst du mit an die frische Luft, Jan?", fragte Mira, die sich langsam Sorgen um Jans Vitamin D-Haushalt machte. Auf dem Spaziergang zum Wasser taute Jan etwas auf. „Als Kind habe ich hier oft im Yachthafen auf den Bohlen gesessen, mit den Beinen gebaumelt und die ankommenden Boote beobachtet", schwärmte er. „Ich habe es immer geliebt, mit meiner Schulfreundin Assi auf den Balken des Pferdekoppelzauns in der Heide zu sitzen und dabei Kirschkern-Weitspucken zu spielen!", berichtete sie und packte eine Tüte mit frischen Kirschen aus. „Komm wir machen eine Kombi aus beidem!", lachte sie und hielt Jan die Obsttüte hin. Dann saßen sie eine Weile Beine baumelnd, Boote beobachtend und Kirschkern spuckend auf dem Steg des Yachthafens.
Entspannt machten sie sich auf den Heimweg. „Übrigens habe ich für heute um 17.00 Uhr unverbindlich

eine mögliche Mieterin zur Wohnungsbesichtigung eingeladen. Sie heißt Emma Miller und ist Musikstudentin. Ich glaube, die könnte zu uns passen", setzte Mira Jan Hansen in Kenntnis. „Aha, dann wollen wir mal sehen", entgegnete er etwas überrumpelt, aber erleichtert, dass er sich nicht weiter darum kümmern musste.

Kurz darauf kam die unkomplizierte Emma Miller zum Besichtigungstermin in den Meerjungfrauenweg 23A. Erwartungsvoll schaute sie sich im gemütlichen Stadthaus um. Nach Bekanntmachung mit Hamster Freddy, Hund Cicero und den Lovebirds Romeo und Julia flüsterte Emma Oma Mira zu „Trotz intensiver Vorbereitung auf meinen Aufenthalt in Dänemark, hätte ich so eine lustige WG-Kombi nicht erwartet", „Hier kommen wir nun zum Casus Knacksus: Das Badezimmer! Das ist nämlich für alle da. Zeitlich müsste man da eine Einigung finden", erklärte Jan Hansen. „Das ist OK. Besser als sich den Duschraum mit der Toilette teilen zu müssen, wie in anderen WG`s, wo die Dusche aus Platzmangel genau über dem WC hängt", antwortete Emma Miller gelassen.

Miras Bauchgefühl bestätigte sich. Die Chemie stimmte. Jan und Emma besiegelten zufrieden die Formalitäten und besprachen den Einzugstermin. „Perfekt, das hätten wir! Endlich kommt Musik ins Haus", begrüßte Mira strahlend das neue WG-Mitglied.

Ende Juli bezog die 23-jährige Musikstudentin das Zimmer im Dachgeschoss. Im Verhältnis zu Miras Umzug war Emmas ein Klacks. Dank routinierter Helfer benötigten sie nur einen Vormittag, um Emmas Gepäck im obersten WG-Zimmer unterzubringen. Nun zierten drei Zahnbürsten das Badezimmer. Links stand Oma Miras grüne Zahnbürste, in der Mitte nahm jetzt Emmas rosafarbener Becher samt Bürste den Platz ein und rechts befanden sich Jans Elektrozahnbürste und seine grauen Handtücher. Damit war die WG komplett.

Genau wie Oma Mira war Emma eine Frühaufsteherin. Punkt 6.00 Uhr legte sie ihre erste Geigenübungsstunde ein. Jan Hansen erwachte bei Vivaldis Vierjahreszeiten, wunderte sich und schaute auf den Wecker. „Erst sechs Uhr! Wieso geht denn da das Radio an? Ach ja ... das ist Emma!", dämmerte es langsam. Obwohl Emma eine hervorragende Geigerin war, hätte Jan das morgendliche Konzert gern noch eine Stunde nach hinten verschoben.

Indes erfreute sich Mira in der Küche beim Frühstück an den schönen Klängen. Die beiden Love Birds Romeo und Julia zwitscherten fröhlich ihren Senf dazu. Nur Hamster Freddy und Cicero ließen sich durch die harmonischen Klänge nicht aus dem Schlafrhythmus bringen. Inspiriert von Emmas Musik schrieb Mira sogleich einen Spruch zur Begrüßung an die Wandtafel.

„Willkommen liebe Emma! Endlich ist Musik in die WG! Ich freue mich ☺!", Gruß von Oma Mira.

Wohl wissend, dass Jan Hansen in der Woche erst um sieben Uhr aufzustehen pflegte und an den Wochenenden gerne lange ausschlief, malte sie einen WG-Proben- und Duschplan darunter. „Mit ein bisschen Planung wird sich das WG-Leben schnell einpendeln", schmunzelte sie überzeugt.
Die Lösung lag für Mira schnell auf der Hand. Als Emma in die Küche kam, präsentierte sie ihre Idee. „Wenn du zuerst duscht und danach mit mir frühstückst, kannst du gegen 6.45 Uhr den sanften Violinweckdienst für Jan Hansen mit deiner morgendlichen Übungsstunde spielen. Dann schaffst du es immer noch rechtzeitig zu den Vorlesungen". „Oje, da habe ich gar nicht dran gedacht! Habe ich jemanden zu früh gestört?", entschuldigte sich die disziplinierte Emma zerknirscht. „Jan steht eigentlich erst um 7.00 Uhr auf. Aber mit der ratsamen Morgengymnastik wird er bestimmt seinen Rhythmus eine Viertelstunde vorverle-

gen. Somit passt der Plan schon", erläuterte Mira. Mit dem überzeugenden Privileg „Freie Duschzeitwahl ab sieben Uhr", stimmte Jan Hansen kompromissbereit dem frisch erstellten 15-minütigen Fitnessprogramm zu. „Da kann ja nichts mehr schief gehen- bei dem überzeugenden diplomatischen Talent", freute sich Jan Hansen über seine gerettete Dreiviertelstunde Schlaf.

5. Stolze 72 Jahre

Mit tatkräftiger Unterstützung ihrer WG-Mitbewohner, Jan Hansen und Emma Miller, plante Oma Mira ein riesiges Familienfest zu ihrem 72. Geburtstag. Zum Wochenende um den 15. August hatte sie alle ihre sechs Kinder samt Anhang und zwölf Enkel in die WG nach Kopenhagen eingeladen. Erst bei fortgeschrittener Planung dämmerte es Jan Hansen, worauf er sich da eingelassen hatte.

Im Wohnzimmer mussten alle Möbel zu Gunsten eines großen Bettenlagers aus Matratzen, Isomatten und vielen Kissen weichen. Emma Miller werkelte mit Oma Mira in der Küche. An der schwarzen Wandtafel über ihnen prangte auch schon der passende Spruch der Woche, der zum Ausdruck brachte, dass Oma Mira ihre Anzahl an Geburtstagen nicht verstecken möchte, sondern froh ist über jeden Tag, den sie erleben darf.

"Viele Menschen erreichen dieses Alter gar nicht- und ich bin doch gesund", meinte sie dankbar und freute sich immer noch auf jeden ihrer Geburtstage.

Sie stellten die vorbereiteten Salate, Käse- und Obstteller samt Kuchen für das Empfangsbüfett zur großen Festtafel ins Speisezimmer. Für die Festtafel hatten sie sämtliche Tische und Stühle des Hauses zusammengestellt und dann geschickt mit weißen Bettlaken verkleidet. Der leckere Duft von selbst gebackenem Brot strömte aus dem Ofen und erfüllte das Haus. In der Hoffnung, dass auch für ihn etwas abfällt, schnüffelte Cicero aufgeregt den Küchenboden ab. Hin und wieder wurde der eifrige Einsatz des pelzigen Staubsaugers von Erfolg gekrönt.

Mitten in den Vorbereitungen ertönte ein stürmisches Klingeln. Jan Hansen räusperte sich und öffnete langsam die Tür. Sprachlos musste er den Anblick erst einmal verdauen. Für seine Forschung war er wahrhaftig weit herum gekommen. Dabei hatte er viel gesehen. Aber das lebendige Treiben direkt vor seiner Haustür konnte er nur schwer einordnen. Dort stand eine bunt gemischte Menschentraube. Egal ob alt oder jung, groß oder klein, jeder schien ein Musiker zu sein. Vorne standen Kinder mit Geige, Gitarre, Klarinette und Akkordeon. Hinten blinkten Posaune, Tuba und Trompete. „Endlich! Kommt, Leute! Oma scheint im Garten zu sein! Stellt die Instrumente erstmal alle auf der Terrasse ab!", übernahm ein großer schlaksiger Junge, der Teile vom Schlagzeug trug, das Kommando. Zielstrebig trat er ein. Überrumpelt wich Jan Hansen zwei Schritte zurück. Das ganze Orchester marschierte an ihm vorbei in sein Haus. Wie damals in Oma Miras

Wohnmobil hatte er wieder das Gefühl, sich in einem Film mit Happy End zu befinden. Allerdings schien er bis jetzt nur eine Statistenrolle inne zu haben. Über die gewisse Komik dieser Situation musste er schmunzeln und seufzte: „Ja, ja. Der Statistiker spielt den Statisten in seinem eigenen Leben", Dann schloss er die Haustür hinter dem letzten Familienmitglied. Drinnen im Haus verfolgte er aufmerksam das große Wiedersehenshallo. "Darf ich vorstellen: Jan Hansen, der Mann für alle Fälle und Emma Miller, die musikalische Seele des Hauses", verkündete Oma. Neugierig musterte die Familie Omas Wohngemeinschaft. Beim Rundgang durch das Haus stutzte der siebenjährige Louis über einen schwarzen Apparat. „Was hängt da denn an der Wand?", „Das ist ein altes Telefon mit Wählscheibe und Kabel! Das kennt ihr heutzutage gar nicht mehr", amüsierte sich Oma. Nachdem alle ihre Schlafplätze bezogen hatten, wurde am großen Esstisch gegessen und erzählt. Für die kleineren Enkel hatte Oma extra ihre kunterbunte Verkleidungstruhe ins Wohnzimmer geschleppt. „Seht mal, Omas antikes Hochzeitskleid", „Und dort ein echter Zylinderhut", „Ist das nicht Onkel Victors altes Hasenkostüm?", tönte es aus der Stube. Bis zur Schlafenszeit huschten noch Schornsteinfeger, feine Damen, Piraten, Könige, Häschen und Hirten an der Festtafel vorbei.

Die Zwillinge Tim und Tom flitzten um die Wette ins Badezimmer, wo Louis und Mia zusammen mit Oma Mira vor dem Waschbecken standen und schon Zähne putzen. Sie holten schnell ihre Zahnbürsten und Zahnpasta heraus und begannen auch. Keine zehn Sekunden später riefen sie: „Erster fertig!", und spülten den Mund aus. Oma Mira schüttelte den Kopf und zeigte auf die Sanduhr. Dann fügte sie erklärend hinzu: „Nicht überall ist es ratsam erster zu sein - denn im Gegensatz zum Sport gibt es beim Zähneputzen keine Goldmedaille.. – sondern Löcher in den Zähnen", setzen Louis und Mia den Satz, wohl informiert, im Chor fort. „Wenn ihr dann den Mund ausgespült habt und mit der Zahnseide fertig seid, lese ich euch noch eine Gute-Nacht-Geschichte vor", stellte Oma Mira den Kindern in Aussicht. „Au, ja!!!", riefen die vier Enkel wie aus einem Munde, schlüpften schnell in die Schlafsäcke und machten es sich im Wohnzimmer auf dem Matratzenlager gemütlich.

Oma Mira holte drei Bücher und legte sich dazu. „Wollt ihr ein Kapitel aus dem Pippi Langstrumpfbuch, von Jim Knopf oder...", und noch ehe Oma Mira ausreden konnte, fragte Mia nachdenklich: „Sind Pippi Langstrumpf und Jim Knopf eigentlich verwandt?"„Wie kommst du denn da drauf?", wollte Tim gleich wissen. „Naja, bei Jim Knopf gibt es doch die

Piraten von der „Wilden 13" und der Papa von Pippi ist doch auch Pirat? Ich dachte ja nur ... dann hätte Jim Knopf nämlich gleich bei Pippi in der großen Villa Kunterbunt einziehen können, weil doch Lummerland zu klein geworden ist", Louis fand die Idee toll und bemerkte: „Das wäre eine coole Kombi! Die beiden hätten bestimmt viel Spaß zusammen."

Während der angeregten Diskussion hatte Tom sich das dritte Buch angeschaut und rief: „Seht her! Oma hat neue Geschichten geschrieben", und hielt das Buch: „Oma Mira auf Lesereise" wie einen Pokal in die Höhe. „Jipiiih, die will ich hören!" Die anderen nickten zustimmend. „Na gut", flüsterte Oma Mira geheimnisvoll. „Obwohl das Vorlesebuch für die Weihnachtslesereise noch nicht ganz fertig ist, kann ich euch die ersten Geschichten daraus vorlesen."

Tim, Tom, Mia und Louis schauten Oma Mira erwartungsvoll an und lauschten gespannt ihrer warmherzigen Vorlesestimme. Sie begann mit der Geschichte vom „Ameisenfest" danach folgten „Schmunzelbriefe" und „Tauchjogging". Zum Abschluss las sie die Geschichte „Mama, ist zwölf viel?"„Am besten gefällt mir, dass ich auch darin vorkomme", kommentierte Mia zufrieden. „Wir wollen auch in einer Geschichte mitspielen", empörten sich die Zwillinge Tim und

Tom. „Ist schon in Arbeit", besänftigte Oma schnell die Gemüter.

"Oma, erzähl uns doch bitte noch was von früher – von unseren Eltern. Wie meine Mama vom Hausmeister erwischt worden ist, als sie über den Zaun zum Sportplatz kletterte oder wie ihr damals alle zusammen im Fordbus und Wohnwagen nach Spanien gefahren seid. Drei Tage im Auto ganz ohne Handy und DVDs", bettelte Mia. „Heute nicht mehr, Kinder. Wir wollen morgen alle fit fürs Fest sein und keine müden Muffels, stimmt's?", wiegelte Oma Mira ab. „ Aber mein dritter Band mit Vorlesegeschichten soll: „Früher, als es noch kein Handy gab" heißen. Da schreibe ich tolle Geschichten von damals auf. Und euch lese ich sie als erstes vor, abgemacht?", versprach sie ihren Enkeln und gab allen einen Gute-Nacht-Kuss, ehe sie das Zimmer verließ.

Mit den ersten Sonnenstrahlen erwachte die Enkelbande zum Leben. Kurz darauf rumorte es im ganzen Haus. Vorsichtig öffnete Oma Mira die Wohnzimmertür. Und sie wusste genau, warum sie in Deckung ging. Die Kissenschlacht war bereits voll im Gange als Oma sich ins Zimmer schlich, um leise einige Kissen zu ergattern. Doch sie wurde schnell entdeckt. Es ertönte ein lautes „Alle auf das Geburtstagskind!", und dann flogen auch schon die Kissen in ihre Richtung.

Aufgeschreckt vom ungewohnten Lärm kam Jan Hansen die Treppe herunter und wollte nach dem Rechten sehen. Er traute seinen Augen nicht, als er Oma Mira und Cicero mitten im Gewusel zwischen den Enkelkindern entdeckte. „Gut, dass du kommst, Jan! Ich brauche dringend Unterstützung!", rief ihm Oma Mira zu. Bevor er antworten konnte, zischte schon ein Flugobjekt an seinen Ohren vorbei. Er duckte sich noch rechtzeitig, wurde jedoch vom zweiten Wurfgeschoss am Hinterteil getroffen. Kopfschüttelnd nahm er sich die Nackenrolle und warf zurück. Der Hund schnappte sie sich blitzartig in der Luft und sauste stolz mit ihr davon. „Super Torwart, Cicero", grinste Louis. Da konnte keiner mehr sein Kichern zurückhalten. Beim Anblick seines Wohnzimmers nahm Jan Hansen sich erneut vor, gängige dänische Klischees über die Deutschen noch einmal zu hinterfragen.

Nach einem ausgiebigen gemeinsamen Frühstück und dem allseits bekannten „Hoch" für das 72- jährige Geburtstagskind, überreichten ihre Kinder ihr einen gepolsterten Thron mit goldenem Holzrand. „Wir dachten, der wäre toll geeignet für deine Vorlesetour", erklärte die jüngste Tochter Tina. „Das ist eine klasse Idee von euch! Vielen Dank! Das Vorlese-Oma-Outfit stimmt schon mal. Jetzt fehlen mir nur noch drei Geschichten, dann kann es losgehen!", freute Oma sich und prüfte den Thron.

Nach der Geburtstagszeremonie fuhren sie erstmal zum Austoben an den Strand. Dort fingen sie Krabben mit Hilfe von Wäscheklammern und roter Wurst und vergnügten sich beim Baden. Der größte Hit war allerdings wieder einmal das traditionsreiche Beachrun-and-fun. Eigentlich war es eine sportliche Abwandlung vom alt bekannten Kreisspiel Plumpsack, bei dem alle mitspielen konnten. Damit es cooler klingt, hatten die Enkelkinder es allerdings umbenannt.

Zu Kaffee, Kuchen, Eis und Obst trudelten alle Gäste wieder im Großen Meerjungfrauenweg 23A ein. Jetzt kam Oma Mira auch in den Genuss eines tollen Geburtstagskonzerts. Jeder hatte einen musikalischen Beitrag eingeübt. Oma Mira saß gemütlich auf ihrem neuen, gepolsterten Vorlesestuhl und lauschte gerührt den Auftritten. Jede Präsentation wurde mit viel Anerkennung bedacht. Auch Emma Miller holte ihre Konzertvioline und spielte den Radetzky-Marsch von Johann Strauß für ihre liebe Mitbewohnerin. Als die Jüngsten, der fünfjährige Luca und die dreijährige Julia zum Abschluss ihr Lieblingslied von der Elfenbande „Freude, Freiheit, Liebe, Mut" gefühlvoll und mit

Hingabe für sie sangen, rollten doch ein paar Freudentränen an ihrer Wange herunter. Gummitwist, Hinkepott und Stelzenlaufen erweckte bei allen Generationen dann wieder den sportlichen Ehrgeiz. „Hey, Onkel Victor kennt die ganze Zehnerprobe", bemerkte die elfjährige Marie verwundert. „Kein Wunder, der durfte damals bei Tante Tina immer Gummitwist-Halter spielen.", erinnerte sich Tante Elli. „Das ist unfair! Die haben früher alle heimlich geübt", maulte Tom bei dem es gerade nicht so gut lief. „Ihr könntet doch auch auf dem Schulhof trainieren", schlug Onkel Victor konstruktiv vor.

Während die Eltern den Grill anschmissen und den Stockbrotteig vorbereiteten, schickte Oma die Kinder auf die obligatorische Schatzsuche. Selbstverständlich hatte sie alles sorgfältig vorbereitet. „Hört mal her! Captain Kusch hat eine in vier Stücke zerrissene Schatzkarte auf der Terrasse versteckt!", verkündete das Geburtstagskind persönlich. Wie beim Ostereiersuchen fanden die Enkel die ersten drei Teile recht schnell zwischen Blumentöpfen, unter der Fußmatte und an der Gartenbank. Nur das letzte ließ lange auf sich warten. Doch dann schrie Mia „Ich hab`s! An der Gießkanne!", und fügte es zum Schatzkarten-Puzzle. „Lies mal laut vor, was da jetzt steht...", forderte Louis energisch seinen siebzehnjährigen Cousin Phillip auf.

„Versteckte Captain Kusch den Schatz im runden Busch?", entzifferte Phillip gekonnt die altdeutsche Schrift. „Hier! Der zweite Hinweis steckt im Buchsbaum, da hinten im Garten", vermutete der 13-jährige Jonas. „Recht gehabt! Hinweis 2: Ab in den Keller, da geht es vielleicht schneller! Hört ihr das Gejammer in der Speisekammer?", trug er vor.

Im Keller erwartete sie eine schummrige Atmosphäre. In den Ecken entdeckten sie schwarze Spinnennetze und an den Wänden lauerten gemalte Mäuse. Vorsichtig öffneten die Zwillinge Tim und Tom die quietschende Tür der Speisekammer. Über den Vorräten prangte das Hausgespenst Heinrich an der Mauer und lag auf der Lauer. „Typisch Oma! Den Heini hat sie bestimmt als Nachtwächter für die Jan Hansens und Co. hingemalt", lachte der siebzehnjährige Phillip und nahm ihm den dritten Hinweis aus der Hand. Laut verkündete er den Text: „Es schaukelt die Truhe im Zimmer der Ruhe", Dieser Tipp lockte die Kinder nach oben in Omas Lesezimmer. „Da, unter dem Fell auf Omas Schaukelstuhl! Das ist sie!", grunzte der kleine Luca erleichtert. Marie zog das braune Schaffell zur Seite und las den auf der Truhe klebenden Zettel vor „Habt ihr etwa gedacht, dass euch der Captain es so einfach macht?

Nichts da, liebe Leut', da habt ihr euch zu früh gefreut. Denn eins fehlt noch für das Schlüsselloch!"

„Mist! Abgeschlossen!", ärgerten sich die Zwillinge. „Psst, es geht noch weiter...", fuhr Marie fort. „Anstatt euch in den Haaren zu raufen solltet ihr zum Reimwort von Kanne laufen. Ohne Spaß, weg ist das kühle Nass, deshalb liegt der Fund auf dem Grund!" „Wanne!", schrie Louis, der erfahrende Teekesselchensammler sofort. Die sechsjährige Mia erreichte das Badezimmer hinter der Holztreppe zuerst: „Eine Flaschenpost!", schnaufte sie außer Atem den anderen zu. Tatsächlich lag in der trockenen Badewanne eine Flasche mit Schlüssel als Inhalt. „Das ist ein Fall für Lucas flinken Finger", entschied die 20-jährige Lisa und übergab ihrem fünfjährigen Cousin die Flasche. Er prokelte gekonnt den Schlüssel durch den engen Flaschenhals.

Phillip und Alexander schleppten die holzwurmdurchlöcherte Truhe aus dem ersten Stock zu der Versammlung in den Garten. Gespannt steckte Mia den Schlüssel in das Schloss. „Er passt! Endlich!", jubelten die Kinder erleichtert. Eilig wurde der knarrende Deckel geöffnet und hineingeschaut. „Schleckis und Bücher!", freute sich Louis. Jeder griff sich eine Schleckitüte und suchte das Buch mit seinem Namen drauf. Dann erst wurde es allmählich ruhiger.

Alle genossen das milde Sommerwetter im hohen Norden. Sie saßen noch lange gemütlich draußen, erzählten, sangen und schauten sich alte Fotoalben an. Oma lag zusammen mit Enkelin Mia eingekuschelt in einer Wolldecke in der Hängematte. Schaukelnd schauten sie in den Abendhimmel. „Ich hätte so gerne Flügel – dann würde ich in den Himmel fliegen, den Opa schnappen und mit ihm kuscheln", bemerkte Mia leise. „Das ist ein schöner Gedanke", antwortete Oma Mira sanft, während sie sich eine kleine Träne wegwischte. „Weißt du Mia, du hast die tolle Gabe, Gedanken und Gefühle mit schönen Worten zu beschreiben. Damit kannst du vielen Menschen große Freude bereiten." Mia schmiegte sich noch mehr an ihre Oma und flüsterte: „Ich habe dich ganz doll lieb!"

Zu später Stunde fiel die ganze Geburtstagsgesellschaft müde und zufrieden ins Bett. Nur Jan Hansen dachte noch lange über diesen Tag nach. Heute war ihm endgültig klar geworden, woher seine Mitbewohnerin Oma Mira ihre Gelassenheit und unendlich wirkende Lebenserfahrung nahm.

Das Aufräumen am nächsten Morgen ging bei den vielen helfenden Händen schnell und unkompliziert. Ruck zuck waren Schlafsäcke, Matratzen und Kissen verstaut und die Möbel gerade gerückt. Mia genoss es, Oma Mira beim Tisch decken zu helfen. Als Oma Mira ihren geliebten Heidehonig ins Esszimmer stellte, fiel ihr auf, dass der Tisch schon sehr weihnachtlich dekoriert war. „Na, Mia, freust du dich schon auf Weihnachten?", bemerkte Oma freundlich. „Vorfreude ist die beste Freude oder so ähnlich geht doch ein Sprichwort", argumentierte Mia. „Stimmt!", mischt sich die elfjährige Marie unterstützend ein. „Das sagt auch Eckhard von Hirschhausen auf meiner Aula-für-Kinder-Glücks-CD."

„Vorfreude mit all dem Kribbeln im Bauch ist eine tolle Freude. Der Knackpunkt liegt wahrscheinlich darin, wie lange sich diese Vorfreude aufrechterhalten lässt. Das scheint ziemlich individuell zu sein", gibt Oma kritisch zu bedenken. „Falls ihr zu denen gehört, die vier Monate als eine sehr lange Wartezeit bis Weihnachten empfinden, könntet ihr ja überlegen, ob euch nicht so eine Art Zwischen-Vorfreude-Station einfällt."

Letztendlich wurde an einem Tisch mit bunten Küken, Musik und Sportdekoration gefrühstückt. Ein spontanes Brainstorming der Enkel brachte viele geeignete Vorfreude-Stationen ans Licht. Das ging vom bevorstehenden Kükenschlüpfen über Musicalauftritte bis hin zu wichtigen Sportwettbewerben. Beim Abschied waren sich dann alle einig: Zum 73. Geburtstag wollten sie wiederkommen. Nur ein paar Tage länger und mit Laufschuhen im Gepäck, denn die Familienteilnahme am Lille Havnelöb war bereits als Programmpunkt fest eingeplant. „Tschüss, Oma. Die Feste bei dir sind immer am schönsten", flüsterte Mia ihrer Oma bei der Verabschiedung noch schnell ins Ohr. „Bis bald! Ruft an, wenn ihr zu Hause seid", entgegnete Oma.

Einzig die 20-jährige Enkelin Lisa blieb bei Oma Mira in Kopenhagen, um dort ihre Sommerferien zu verbringen. Das hatten Emma Miller und Lisa am Wochenende kurzfristig beschlossen. Müde aber sehr zufrieden setzte sich Oma Mira an ihren Laptop und nutzte die positiven Emotionen und schönen Erinnerungen, um die Geschichte 'Geheimsprache' zu Papier zu bringen. Wie versprochen benannte sie die Hauptpersonen nach den Zwillingen Tim und Tom.

6. Senioren-Meisterschaften

Enkelin Lisa freute sich, den Sommer bei Oma Mira in Kopenhagen verbringen zu dürfen. Nachdem der langersehnte Urlaub mit ihrem Freund kurzfristig geplatzt war, war die bunte WG eine willkommene Ablenkung. Emma Miller und Lisa fanden viele Gemeinsamkeiten, über die sie sich austauschen konnten. Oma Mira war natürlich auch Gesprächsthema. „Deine Oma ist wirklich eine liebenswerte Spezialausgabe!" „Das kann man so sagen!", schmunzelte Lisa. „Oma hält die Leute auf Trab und ist immer für eine Überraschung gut! Ihren sechzigsten Geburtstag werde ich nie vergessen. Damals lebte Opa Hugo noch und ich muss acht Jahre alt gewesen sein. Wir feierten Omas Geburtstag bei ihnen in der Lüneburger Heide im großen Familienkreis. Allerdings waren wir da noch nicht ganz so viele Enkelkinder wie kürzlich bei der Feier zum Zweiundsiebzigsten. Bei der traditionellen Schatzsuche waren interessanterweise Kittel, Atemschutzmasken, Pinsel und Lackfarben in der Truhe versteckt.

Wir Kinder jubelten, zogen unsere Festtagskleidung aus und streiften Kittel plus Mundschutz über. Dann kam der unerwartete Clou: Alle Kinder durften unter Oma Miras Anleitung ihren alten, blauen Saab 90 auf der Garageneinfahrt in eine Hundertwasserstadt mit bunten Säulen und Zwiebeltürmen umgestalten.

Die gemeinschaftliche Kunstaktion weckte große Aufmerksamkeit. Den Zuschauerauflauf hättest du mal sehen sollen. Die vorbeigehenden Kinder fanden die Idee klasse und bewunderten das schöne Kunstwerk, während die Erwachsenen kopfschüttelnd über den sinkenden Wiederverkaufswert bis hin zur totalen Verkaufsuntauglichkeit des Wagens hin und her diskutierten. Mitten im Trubel wirbelte Geburtstagskind Oma Mira ganz in ihrem Element und schmunzelte über die angeregte Debatte.

Ich habe noch ein Foto vom fertigen Saab à la Hundertwasser samt Künstlern in meinem Fotoalbum. Dank unserer Oma haben wir schon viele unvergessliche Erlebnisse gehabt. Wenn ich mal eine Oma werde möchte ich genauso gut drauf sein wie Oma Mira, habe ich damals wie heute gedacht", geriet Lisa ins Schwärmen. „Ja, so eine Oma hätte wohl jeder gern. Aber glücklicherweise habe ich jetzt so eine WG-Mitbewohnerin!", lachte Emma Miller.

Die Senioren-Europameisterschaften rückten immer näher. Anstelle von Miras Monats-Motto stand nun deutlich lesbar der Wochentrainingsplan an der Küchentafel.

Gewissenhaft hakte sie die durchgeführten Laufeinheiten ab und notierte den Belastungs- und Ruhepuls.

Langsam wurde es ernst. Oma Mira legte einen disziplinierten Trainingsendspurt ein. Schließlich wollte sie bei ihrem ersten internationalen Wettbewerb passabel abschneiden.

Eher zufällig hatte Mira Anfang des Jahres eine Leichtathletik-Trainingsgruppe im Fitnesscenter getroffen und sich für den Start bei der EM im eigenen Land begeistern lassen. Nach einigen Recherchen in den Senioren Ergebnislisten entschied sie sich für den 400m Lauf. Professionell testete sie ein letztes Mal ihre Wettkampfkleidung, packte Picknick-Decke, Verpflegung und ihre Sportsachen in das Wohnmobil. Emma Miller und Lisa wollten sich Oma Miras Auftritt im Nationaltrikot natürlich nicht entgehen lassen.

„Oma, wenn du mich nach dem Wettkampf zum Bahnhof in Aarhus bringst, könnten Emma und ich zum Anfeuern mitkommen. Ich habe von dort eine günstige Zugverbindung nach Hause gefunden!", plante Lisa ihre Rückfahrt nach Hamburg. „Klar, das klappt!", freute sich Mira über die Unterstützung.

Am Wettkampftag brachen die drei im frühen Morgennebel per Wohnmobil Richtung Aarhus/Randers auf. „Tschüss! Bis heute Abend, Cicero! Jan passt heute auf dich auf. Lock' den mal schön raus. Der kommt sonst gar nicht an die frische Luft", verabschiedete sich Mira leise. Ausnahmsweise frühstückten die Frühaufsteher unterwegs ihre Lunchpakete, um frühzeitig vor Ort einzutreffen.

Zu der Senioren-Leichtathletik-EM in Dänemark waren über 3500 Teilnehmer aus 40 Ländern angemeldet. Damit diese in den verschiedenen Disziplinen nach abgestuften Altersklassen von 'über 35' bis 'über 100' starten konnten, gab es mit Aarhus und Randers zwei Veranstaltungsorte.

Miras Lauf über 400m in der w70 Klasse fand in Randers statt. Emma, Lisa und Mira betraten gespannt das gefüllte Leichtathletik-Stadion. „Wo bekomme ich denn meine Startnummer?", fragte Oma Mira eine der 700 freiwilligen, freundlichen Helfer im roten Dänemark T-Shirt, die für einen reibungslosen Ablauf sorgten. „Dort drüben im Wettkampfbüro. Ich führe Sie hin", antwortete die sympathische, ehrenamtliche Mitarbeiterin.

Die Zeit in der Warteschlange vor der Ausgabe nutzte Mira, um sich einen Überblick zu verschaffen. Von den Zuschauerrängen tönte es „ Heja Sverige, heja Sverige!" Die zahlreichen Fans der gerade gestarteten, schwedischen Weitspringerin der Altersklasse w55 machten sich lautstark bemerkbar. Bei den Siegerpodesten legten Funktionäre die nächsten Medaillen und bunte Blumensträuße für die anstehende Siegerehrung zurecht. Der norwegische Senior, in blauen Sportshorts vor ihr in der Reihe, schien ein alter Hase zu sein. Er wurde von allen herzlich begrüßt. Dann bekam Oma Mira die Startnummern 837 ausgehändigt. Fachmännisch befestigte sie diese an Wettkampftrikot und Hose.

Gemeinsam mit Lisa und Emma suchte sie nach einem guten Campierplätzchen. Nicht zu nah an den Stadionlautsprechern und nicht zu weit weg vom Geschehen ließen sie sich neben einer Gruppe deutscher Sportler auf der Betontribüne nieder. Emma breitete die Picknickdecke aus, setzte sich und genoss die wärmende Sonne. Lisa beobachtete mit Mira interessiert den Hochsprung der m90 Klasse. Ein Sportler lief an und schlängelte sich technisch gekonnt über die Latte. „Fantastische 0,97 m! Weltrekord im Hochsprung durch den altbekannten 94-jährigen Knut aus Norwegen", ertönte es aus den Lautsprechern. Nun erkannte auch Oma Mira, dass der jubelnde Weltrekordler, der alte Hase in blauer Sporthose, vor ihr aus der Warteschlange war.

Kurz darauf gab es noch einen weiteren Weltrekord zu bestaunen. Der Finne Matti warf den Speer auf stolze 43,77 m in der m75 Klasse. Bald stand Miras Wettkampf auf dem Plan. Mit Wettkampfmontur und sportlicher Flechtfrisur bewegte sie sich im lockeren Lauf Richtung Vorbereitungsfläche. Voller Elan begann sie ihr Aufwärmprogramm.

Nachdem die Startblöcke justiert waren, hieß es: „Auf die Plätze - fertig - peng!". Blitzartig drückte Mira sich ab und rannte los. Von den Zuschauern und Anfeuerungsrufen nahm sie nichts mehr wahr. Sie fokussierte die vorderen drei Läuferinnen und versuchte irgendwie dran zu bleiben. Die Norwegerin und die Italienerin waren schon im Ziel, doch Mira kämpfte um Bronze. Gemeinsam mit der Dame aus Großbritannien überquerte sie die Ziellinie. Die Kampfrichter berieten sich kurz, dann wurde der 3. Platz an die beiden zeitgleichen Läuferinnen zusammen vergeben. Oma Mira riss die Arme in die Höhe und winkte der klatschenden Emma und der Fahne schwenkenden Lisa auf der Tribüne zu.

Den anderen beiden Medaillengewinnerinnen ihrer Altersklasse konnte sie noch kurz zur tollen Leistung gratulieren, als diese, zusammen mit der verwunderten 65-jährigen Rekordhalterin im Hürdenlauf, zur Dopingkontrolle aufgefordert worden.

Die beiden Kontrolleure von der Antidoping-Agentur wiesen sich mit Lichtbild aus und erklärten das festgelegte Prozedere. "Wir begleiten Sie jetzt solange, bis die Probenentnahme abgeschlossen ist. Sie dürfen sich noch auslaufen und an der Siegerehrung teilnehmen. Desweiteren haben Sie das Recht eine Person Ihres Vertrauens hinzuzuziehen." Dazu verteilten sie zur Information die Broschüre „Rechten und Pflichten des Senioren-Athleten" von World Master Athletics. „Abgabe einer Urinprobe! Wie im Krankenhaus – nur mit ständiger Sichtkontrolle – also offener Toilettentür und Zuschauern?!" ereiferte sich ein 82-jähriger Wettkampf-Frischling ungläubig, nachdem er seine Brille aufgesetzt hatte. „Ja, so ähnlich. Nur wird hier der Urin auf A und B Probe verteilt, versiegelt und anonymisiert ans Labor geschickt. Dort wird es auf verbotene Substanzen getestet", erklärte die Frau des Kontrollteams ruhig. „Aber Blut wird hier nicht abgenommen?!", kommentierte ein anderer Sportler sarkastisch, der nach seinem Ausnahmeattest für sein benötigtes Medikament kramte. „Nein, diesmal noch nicht", antwortete der Kontrolleur mit dem Kurzhaarschnitt trocken.

„Jetzt werde ich im hohen Alter tatsächlich noch zu einer echten Leistungssportlerin!", dachte Oma Mira, dabei packte sie ihre Sachen und wartete auf die Siegerehrung. „Auf das Gesicht meines Hausarztes bin ich gespannt, wenn ich bei der nächsten Grippe frage, ob die verschriebenen Medikamente auch nicht auf der Dopingliste stehen. Hoffentlich kennt er sich mit der ganzen Thematik und ggf. auch mit der Ausnahme-Antrag-Prozedur aus."

Stolz stellte sie sich mit der Läuferin aus Großbritannien auf das Treppchen mit der großen schwarzen drei, als ihr Name aufgerufen wurde. Feierlich gratulierten die Funktionäre und überreichten Blumen und die Bronzemedaillen. Nach der Zeremonie marschierten die Gold- und die Silbermedaillen-Gewinnerin mit den Kontrolleuren zum Dopingkontrollraum. Mira, Emma und Lisa gingen indes zum Wohnmobil.

Nach dem dritten Platz im 400m Lauf hatte Oma Mira richtig gute Laune und lud ihre treuen Fans Lisa und Emma zum Essen ein. „Kommt ihr beiden. Wir fahren jetzt nach Aarhus Richtung Bahnhof. Dort haben wir noch Zeit genug für ein Ferienabschlussessen, bevor du los musst, Lisa", schlug Oma Mira vor.

Sie aßen ausgiebig in einem italienischen Restaurant. Zum Nachtisch nahmen alle noch eine Kugel Eis in der Waffel auf die Hand. Vergnügt holten sie Lisas Gepäck aus dem Camper und schlenderten zum Bahnhof! „Boah, ganz schön groß, das Eis! Ich glaube, wir hätten uns eins teilen können und es wäre immer noch genug!", stöhnte Lisa. „Stimmt!", dachte Oma Mira und erinnerte sich an eine Szene mit Enkelin Mia. Schon tüftelte Oma Mira eine neue Geschichte zusammen, die sie „Eiswetter" nannte.

Der Zug hielt schnaufend am Bahngleis. Lisa drückte Emma und Mira ganz fest. „Vielen Dank für die tollen Ferien! Wir telefonieren!", verabschiedete Lisa sich, stieg in ihr Abteil und fuhr fröhlich davon. „Lass uns auch schnell nach Hause fahren", drängelte Emma, die noch Geige üben wollte. Oma nickte. Gerade als sie ins Wohnmobil stiegen, sprang Oma Mira ein Werbeplakat mit buntem Gemüse ins Auge. „Sieh mal Emma! Eine Aktion zur Nordischen Küche mit Kartoffelschälwettbewerb bei uns in Kopenhagen! Das wäre doch was für Jan Hansen!", fand Mira. „Au fein! Ich mach schnell ein Foto mit meinem Handy", unterstütze Emma die Idee.
Zurück in der WG berichteten Emma und Mira vom ereignisreichen Tagesausflug. Oma hängte ihre hart erkämpfte Trophäe an die Küchentafel. Jan lehnte sich zurück und meinte nachdenklich: „Für mich wäre das nichts. Soviel Strapazen für eine Medaille! Ich bin da nicht so ein Wettkampftyp, der hart trainiert und auf Signal loslegt. Da gehe ich lieber gesellig essen", re-

flektierte Jan Hansen. „Das dachten wir uns", lachten Emma und Mira.

„Schau mal, wo wir dich als WG-Abgesandten anmelden wollen! Zum Kartoffelschälwettbewerb. Zur Belohnung gibt es dort lauter Leckereien!", schwärmte Emma und zeigte ihm das Foto vom Plakat. „Wir unterstützen dich bei der Vorbereitung. Mit Mentaltraining und allem drum und dran...", redete Mira ihm gut zu. Skeptisch willigte Jan schließlich bei diesem Abenteuer ein. In der nächsten Zeit gab es im Meerjungfrauenweg 23A allerhand Kartoffelgerichte von Bratkartoffeln über Kartoffelgratin bis hin zum Kartoffelmus. Mit der Zeit entwickelte Jan Hansen, dank der tollen Trainingspartner, eine gewisse Routine beim Schälvorgang.

Bei der Open Air-Veranstaltung zur neuen Nordischen Küche kam Jan Hansens großer Auftritt. Gut vorbereitet von seiner persönlichen Kartoffelschältrainerin, Mira Lange, hatte er an in den letzten Trainingsstunden an Technik und Tempo gefeilt. Selbstbewusst stieg er auf die Bühne und kleidete sich mit Schürze und Kochmütze ein. Der Schiedsrichter erklärte kurz die Bewertungskriterien: „Es zählen hier Geschwindigkeit, Genauigkeit und Sparsamkeit!" Jan musterte seine drei Kontrahenten und die fünf Kartoffeln vor ihm mit einem kritischen Blick. Dann wartete er konzentriert mit dem Sparschäler in der Hand auf das Startsignal.

Das Signal ertönte und alle begannen eifrig zu schälen. „Jan, Jan! Bleib dran! Das schaffst du!", riefen Oma Mira und Emma im Chor. Bei der vierten Kartoffel konnte Jan Hansen sich einen kleinen Vorsprung herausarbeiten. „Hier geht es in den Endspurt! Oh, dass wird knapp! Die beiden Herren zur Linken kämpfen mit der letzten Kartoffel! Und? Ja! Wir haben einen Sieger! Ein Applaus für Herrn Hansen!", kommentierte der Moderator den Endspurt. „Herzlichen Glückwunsch! Was sagen Sie dazu?", fragte er und hielt Jan das Mikrofon unter die Nase. „Hmh, ja. Das ist mein erster erfolgreicher Wettkampf. Ein neue Erfahrung erster zu sein. Ich freue mich und danke meiner Trainerin, meinen Unterstützern und natürlich meiner WG", nuschelte er erleichtert. Der Moderator präsentierte dem klatschenden Publikum den Preis: ein Korb mit leckeren Spezialitäten aus der Region von Äpfeln, Birnensaft, Kartoffeln, Kohlrabi bis Kürbis und Schinken.

Jan Hansen schleppte seinen Gewinn mit Mühe vom Podest zu Emma und Oma Mira hinunter. „Mmh, lecker. Den Kürbis trage ich", sagte Mira und nahm ihn Jan ab. Auch Emma kam Jan zur Hilfe und fasste am Korb mit an. „Wir wissen schon, was es nächste Woche zum Mittag gibt: Kürbissuppe nach Hansens Art", witzelten Emma und Mira, als sie das Prachtstück betrachteten.

Kaum hatten sie den Präsentkorb in der WG-Küche abgestellt, klingelte Miras Telefon. „Oma! Weißt du was? Ich habe eine echte Geige, wie André Rieu!", Das allertollste Geburtstagsgeschenk!", jauchzte Enkel Luca ins Telefon. „Super! Die hattest du dir ja so gewünscht!", freute sich Oma Mira mit ihrem nun sechsjährigen Enkel. „Nächste Woche darf ich zur Geigenlehrerin in die Musikschule", verkündete er stolz. „Wenn ich euch das nächste Mal besuchen komme, schaue ich mir dein tolles Streichinstrument an! Wo bewahrst du die Geige denn auf?", wollte Oma Mira wissen. „Im blauen Geigenkasten ist es zu dunkel. Ich habe sie lieber neben Bärli in das weiche Teddybett gelegt. Da kann ich sie immer anschauen! Mama will dich sprechen", verabschiedete Luca sich rasch. „Hallo, Mama! Wie du hörst sind deine DVDs auf fruchtbaren Boden gefallen. Jetzt fängt er neben dem Chor mit Geigenunterricht an.

Ich wollte schon mal wegen Silvester vorfühlen. Wir würden dich gern einladen. Schau mal wie das zeitlich bei dir in Kopenhagen aussieht", informierte Sabine.

„Mach ich! Ich melde mich! Grüß schön", antwortete Oma Mira ihrer mittleren Tochter fröhlich.

Dann setzte sie sich an ihren Schreibtisch und schrieb den lange geplanten Schmunzelbrief für einen Bekannten aus dem Fitnesscenter, der im Krankenhaus lag. „Komm Cicero, wir gehen eine Runde zum Briefkasten!", rief sie ihrem Hund zu. Zufrieden machte sie sich mit ihrem treuen Begleiter auf den Weg und steckte den bunten Briefumschlag ein.

7. Vorbereitungen zur Lesereise

In der Kopenhagener WG des Großen Meerjungfrauenweges 23A herrschte umtriebige Aufbruchsstim-
mung. Emma Miller wollte nach London zu einem
vierzehntägigen Orchester-Arrangement und Oma
Mira war auf dem Sprung nach Deutschland zu ihrem
jährlichen Herbsttreffen mit drei Jugendfreundinnen.
Anschließend standen für sie noch zwei Lesungen bei
Festlichkeiten von den Lüneburger Landfrauen und
im Rahmen der Lehrerbildung an der Leuphana Universität in Lüneburg auf dem Programm.
Den ersten beiden Terminen der Vorlesetour sah Oma
Mira besonders gespannt entgegen. Erstens war es die
Premiere der neuen Vorlesegeschichten, die sie im
Laufe des Jahres geschrieben hatte. Und zweitens
konnte sie bei ihrem professionalisierten Programm
auch ihr Geburtstagsgeschenk, den Thron mit golde-
nem Holzrand, einweihen.
Im Flur lehnten nur noch Emmas Violinkoffer und
Oma Miras Labtoptasche an der rot- und gold-
gestreiften Tapete. Die gepackten Trolleys und der
Vorlesestuhl waren bereits im Wohnmobil verstaut.
Beim gemeinsamen WG-Frühstück wurden die letzten
Details besprochen.

„Jan, ich habe dir eine „To-Do–Liste" an den Kühlschrank geheftet. Da ist alles genau für die Tier- und Pflanzenversorgung beschrieben." „Ich denke das wird klappen, nicht wahr Cicero?" Jan streichelte dem Hund zuversichtlich über den Rücken und überflog die Liste. Beim Anblick der aufgeklebten „vorher-nachher" Bilder seiner Zimmerlinde - damals ein Trauerspiel ohne Wasser und nach Oma Miras Aufpäppeleinsatz in wiedererlangter Pracht - wippte er belustigt mit den Augenbrauen. „Hast du deinen Pass und die Tickets, Emma?", wandte Oma sich der Musikerin zu. Diese hielt beides in den Händen. „Gut! Ich esse eben noch meinen Joghurt mit Blaubeeren auf, dann können wir starten", meinte Oma Mira zufrieden. „Tschüss, Cicero! Halt den Laden zusammen, Jan!", verabschiedeten sich die Reiselustigen.

Oma kurvte Emma Miller per Wohnmobil zum Flughafen. "Mit meinem Brummi finde ich hier keinen Parkplatz! Ich lass dich da vorne raus!", entschied Oma pragmatisch. „Viel Spaß! Bis in 14 Tagen!", rief sie Emma Miller noch schnell zu. Emma nickte und zog mit ihrem Gepäck fröhlich Richtung Eingang. Hinter dem Wohnmobil begann ein Taxifahrer wild zu hupen. „Jaja, bin schon weg!", murmelte Oma, während sie kurz entschuldigend die Hand hob und Richtung Autobahn weiterfuhr.

Wie jedes Jahr im November traf sich Oma Mira mit ihren drei Freundinnen Assi, Babsi und Chrissi zu einem netten Ideenaustausch. Dazu buchten sie im Frühbucher-Rabatt das 3-Tages-Angebot Kiel - Oslo/Oslo - Kiel mit vier Stunden Aufenthalt in Oslo für 79 Euro pro Person. Als Gegenwert bekamen sie ein tolles Ambiente, viel Zeit zum Reden und zwei günstige Übernachtungen in einer Vier-Bett Innenkabine.

Oma Mira wurde bereits erwartet, als sie mit ihrem Camper auf den Parkplatz am Norwegenkai in Kiel einbog. „Huhu! Hier sind wir!", riefen Assi, Babsi und Chrissi gleichzeitig hüpfend und winkend. Ausgelassen fielen sich die Freundinnen in die Arme. „Schaut mal! Was sagt ihr zu meinem neuen Vorlesethron für die Lesereise?", fragte Mira stolz und zeigte hinten ins Wohnmobil. „Romantisch!" „Das wird bestimmt wunderschön!", schwärmten die drei Begutachterinnen. Sie schnappten ihre Trolleys und schlenderten ins Gespräch vertieft zum Check-In.

Ortskundig bezogen sie ihre gemeinsame Innenkabine und richteten diese im Handumdrehen mit ihren mitgebrachten Sachen gemütlich ein. Damit die Verpflegungskosten den Preis nicht in die Höhe trieben, hatte jeder einen Picknickkorb mit vollwertiger Kost dabei. Gemeinsam ergab das jedes Mal ein leckeres Büfett mit vielen selbstgemachten Köstlichkeiten. Diesmal gab es Kürbisbrot, Pflaumenmus, Müsli, Äpfel, Eintopf, Frikadellen, Salat, Nussplätzchen und ein wenig Marzipan.

In dem eingespielten Damen-Quartett hatte jeder seinen Part. Eine war für den Wasserkocher verantwortlich, die anderen brachten Taschenmesser, Taschenlampe, Tischdecke und Geschirrtücher mit. Oma Mira steuerte immer das Emaille-Campinggeschirr aus dem Wohnmobil bei. Außerdem zauberte sie diesmal noch eigenhändig gesammelte Kastanien und Walnüsse für die Tischdeko aus ihren Hosentaschen.

Um 14.00 Uhr legte das gigantische Schiff im Hafen ab. Die Vier hatten sich wie immer viel zu erzählen. So verging die Zeit bis zum Abend wie im Flug. „Habt ihr auch Appetit auf etwas Warmes?", fragte Chrissi. „Wir könnten uns ein Süppchen kochen", war Babsi mit von der Partie. „Vorsicht! Denk an den Rauchmelder!!!", warnte Mira.

„Assi und Chrissi, ihr haltet am Besten das Geschirrtuch über den Wasserkocher, als Dampfsperre!" Wie beim Bettwäsche zusammenlegen hielten die beiden, Grimassen ziehend, das Geschirrtuch über die Dampfwolke des Wasserkochers. „Psst! Nur nicht erwischen lassen wie früher auf Klassenfahrten!", flüsterten sie sich schaudernd zu. Dann gossen sie das kochende Wasser zum Eintopf, der dadurch erwärmt und verlängert wurde. Aus Oma Miras Campinggeschirr genossen sie ihr persönlich mitgebrachtes Zeltplatzfeeling auf dem Luxusschiff.

Zum Nachtisch schnitten sie das obligatorische kleine Marzipanbrot in dünne Scheiben und aßen diese sehr bedächtig. Das war in ihrer Kindheit der Inbegriff für Wohlstand.

Danach gingen alle zusammen in die Bibliothek auf das oberste Deck. In einer ruhigen Ecke improvisierten sie eine Vorlesebühne, auf der sich Mira positionierte. Assi, Babsi und Chrissi nahmen auf den dazugehörigen Zuschauerrängen Platz. Die Generalprobe für Miras Lesetour konnte beginnen.

Sie schlug die DIN A3 Anfertigung ihrer Kurzgeschichtensammlung „Oma Mira auf Lesereise" auf. Dann las sie langsam und deutlich die Geschichten in der geplanten Reihenfolge vor. Einige Passagiere setzten sich leise dazu und lauschten andächtig mit. Viel Beifall und eine heitere Fragerunde rundeten den Abend ab. „Bei aktivem Publikum und mit einer kleinen Pause, haut das mit den ca. 90 min. Lesungsprogramm hin", bestätigte Assi Miras Planung nach der Generalprobe.

Mit gutem Gefühl wurden alle, bei leichtem Wellengang, am Abend in den Schlaf geschaukelt.

Oma Mira wachte wie üblich gegen 6:00 Uhr morgens auf. Sie machte sich leise frisch, nahm ihren Laptop und schlich sich aus der Kabine. Auf Deck 15 hatte sie zu der morgendlichen Stunde freie Platzwahl und konnte ungestört die weihnachtliche Geschichte mit dem Titel „Gloohohohohoho...oria" ausformulieren. Nachdem die Freundinnen gemeinsam in der Kabine gemütlich gefrühstückt hatten, genoss das Quartett bei herrlich klarer Sicht die frische Brise an Deck. „Wahnsinn, dieser Blick bis zum Horizont. Toll, wenn man so weit schauen kann! Gibt einem irgendwie das Gefühl von Freiheit!", schwärmte Mira, die das Meer schon immer faszinierend fand. Die anderen nickten zustimmend. „Kommt, wir gehen nach vorn! Da können wir die Einfahrt in den imposanten Oslo-Fjord am besten bestaunen", schlug Chrissi vor.

Um 10.00 Uhr legte das Schiff am Hjortneskai in Norwegen an. In der Hauptstadt wandelten sie auf den Spuren des Künstlers Edvard Munch und des norwegischen Schriftstellers und Dramatikers Henrik Ibsen. Darüber hinaus leisteten sie sich den Eintritt für einen kurzen Besuch im Nobel Friedenszentrum. „Oh, kommt! Die vier Stunden sind fast um! Wir müssen zurück zum Hafen!", machte Chrissi auf die fortschreitende Zeit aufmerksam. Beim Ausgang rief Mira entzückt „Seht mal! Es schneit!" Wie aufgeregte Kinder fassten sich die Freundinnen an den Händen und versuchten die dicken Schneeflocken mit dem Mund aufzufangen. Das Lied „Schneeflöckchen, Weißröckchen", singend hüpften sie glücklich zurück zum Schiff.

Auf der Rückfahrt entschlossen sich die Vier zu einem gemeinsamen Ausflug ins Fitnesscenter an Board.
Oma Mia übernahm die fachkundige Führung der Freundinnen, die teilweise zum ersten Mal so ein Center von innen betraten. „Und hier, liebe rüstigen Ruheständler, sehen sie die Objekte aus der Eisenzeit. Dort drüben trainiert man mit Geräten aus der Abteilung 'neuverpackt für die Zukunft'", setzte Oma Mira seelenruhig im ernsten Ton eines Museumsführers ihren Vortrag fort. „Aber meine lieben Damen, wir erwärmen uns zuerst mit diesem bewährten Fitnessgerät", hauchte sie werbend und pustete einen roten Luftballon auf. Gekonnt verknotet warf sie diesen in die Höhe. „Nicht so schüchtern! Bei der ersten Übung den Ballon einfach durch gemäßigte Zuspiele in der Luft halten", gab sie das Startsignal. Assi, Babsi und Chrissi prusteten vor Lachen, zeigten dann aber vollen Einsatz. Leidenschaftlich spielten sie sich mal mit Händen und mal mit Knie oder Fuß den Ballon zu.

Nach der spaßigen Ballon-Aufwärmrunde wechselten sie auf die frei gewordenen Fahrradergometer. Nebeneinander auf den Ausdauergeräten sitzend schauten sie durch die große Glasfront auf das offene Meer! „Unglaublich ulkig, eigentlich! Wir sitzen hier mit Klimaanlage fest im Sattel und strampeln ohne vorwärts zu kommen. Dabei fegt draußen der Wind und die Wellen peitschen gegen das riesige Schiff", stellte Assi fest.

„Wisst ihr was? Wir sollten nächsten Sommer mal eine mehrtägige Radtour machen! Muss ja nicht mehr mit Zelt wie früher sein", schlug Oma Mira vor. „Au ja!", pflichtete Assi ihr begeistert bei. „Wir könnten eine flexible Route ausarbeiten, zum Beispiel am Nord-Ostsee-Kanal entlang. Je nach Wetter und Laune fahren wir immer nur so weit wie wir wollen. Gegen Nachmittag suchen wir uns dann ein Übernachtungs-quartier. Teils bei Verwandten und Bekannten und teils mieten wir uns irgendwo ein", führte Mira Lange ihre Idee weiter aus. Babsi und Chrissi schauten noch etwas skeptisch. „Kommt, mit den neuen Elektrofahr-rädern läuft das alles besser als ihr denkt", versuchte die sportliche Oma Mira die Zweifel zu beseitigen. „Als Alternative könnten wir jedoch auch eine Plan-wagentour buchen! Assi, du kennst dich doch mit

Pferden aus. Ich glaube auf einer dänischen Insel wird so etwas angeboten!", machte Mira einen zweiten Vorschlag! „Hört sich auch spannend an. Das ist körperlich nicht so anstrengend und trotzdem an der frischen Luft!", meinte Chrissi. „Die Planwagentour würde ich mir eher zutrauen", unterstützte auch Babsi den zweiten Vorschlag. „Ok Assi, wenn du die Pferde zahm hältst, könnte es klappen. Suchst du Infos zu so einer Sommertour raus?", organisierte Mira die weiteren Schritte. „Klar, mach ich gerne", stimmte Assi zu.

Auf der Reise wurde noch viel gescherzt und gelacht. „Ich freue mich jetzt schon auf das Wiedersehen", meinte Assi beim Kofferpacken. „Ich auch", grinste Mira „Ihr seid eine sympathische Reisegruppe!"

Nach Ankunft in Kiel trennten sich die Wege der Freundinnen wieder. Sie drückten sich herzlich zum Abschied. „Tschüssi! Wir telefonieren! Und Assi, denk an die Planwagentour!", riefen sie sich zu und verschwanden winkend in verschiedenen Richtungen. Oma Mira fuhr in ihrem alten Camper weiter zu ihren Terminen nach Lüneburg.

Jan Hansen ging unruhig durch die Wohnung. Dicht hinter ihm folgte Cicero. Irgendwie vermisste er Oma Mira und Emma Miller bereits, obwohl sie erst eine Woche unterwegs waren. In der Küche ertappte er sich dabei, wie er einen von Oma Miras Grünen Tees kochte. Er saß allein am Küchentisch und sein Blick irrte suchend herum. Die Stille empfand Jan Hansen erdrückend. An der schwarzen Wandtafel prangte diesmal nur ein einziges Wort in weißer Kreide und das lautete:

„Flexibilität"

Die Tafelbeschriftung las Jan Hansen nun schon zum siebten Mal nachdenklich. So wie er Oma Mira kannte, war das kein Zufall, dass sie gerade dieses Wort für die Zeit ihrer Abwesenheit gewählt hatte.

Da klapperte der Briefkastendeckel vor der Tür. Erleichtert stand er auf, schaltete das Radio ein und schaute draußen nach der Post. Zwischen einem braunen und zwei weißen Briefen stach ein mit orangefarbenen Kürbissen bemalter Umschlag hervor. „Das sieht ganz nach einem von Oma Miras Schmunzelbriefen aus", freute er sich. Er enthielt einen Artikel über den alten Yachthafenmeister vom Yachthafen "Schwanenmühle", der ab nächsten Frühjahr in Ruhestand gehen wollte. „Der Nachfolger soll ab März eingearbeitet werden. Bewerbungsfrist ist bis Jahresende", las Jan Hansen halblaut vor. „Mira Lange! Du bringst das Kunststück fertig von Norwegen über das

Meer nach Dänemark zu winken!", schüttelte er schmunzelt den Kopf.

Die Landfrauen hatten zum gemeinsamen aktiven Abend mit Lesung in die Lüneburger Kulturbäckerei geladen. Oma Mira traf überpünktlich vor Ort ein. Neugierig schaute sie sich um. „Oh, allerhand! Hier hat sich einiges bewegt", stellte sie überrascht fest. „Hallo, Frau Lange. Schön, dass Sie da sind! Brauchen Sie Hilfe beim Ausladen?", wurde sie von der 1. Vorsitzenden freundlich in Empfang genommen. „Ja gerne. Ich muss noch meinen Ohrensessel und Materialien aus dem Wohnmobil holen."
Als sich alle Gäste an den verschiedenen Tischen mit Gebäck, Obst und Getränken niedergelassen hatten, holten sie ihre Strick-bzw. Häkelnadeln oder weihnachtlichen Bastelsachen hervor. Die geschickten Hände wirbelten scheinbar wie von selbst los, während sich die Augen aufmerksam auf Oma Mira richteten. Sie thronte in der Mitte der langen Fensterseite des Veranstaltungssaales auf ihrem gepolsterten Vorlesestuhl.
Eingehüllt in Mandarinenduft las sie bei Kerzenschein ihre Kurzgeschichten, aus dem in Spezialgröße angefertigten Buch „OMA MIRA AUF LESEREISE" vor. Die kontinuierlich klappernden Nadeln wirkten wie

Anfeuerungsrufe für ihre klare ruhige Vorlesestimme. Während Geschichten wie 'Eiswetter' und 'Geheimsprache' zum Schmunzeln einluden, machte sich besonders bei der Geschichte 'Tauchjogging' heiteres Gelächter breit. „Och, herrlich! Wie lange ist das schon her, dass mir jemand mal was vorgelesen hat! Mal wieder eine ganz andere Perspektive und ein schönes Gefühl!", schwärmte eine Teilnehmerin begeistert. Mit viel Applaus und warmen Worten wurde Oma Mira gleich für das nächste Jahr mit neuen Geschichten bei gleichem Honorar fest eingeplant.

Der zweite Lesetermin war ganz anderer Art, aber verlief ebenso erfolgreich. Im Hörsaal der Universität herrschte eine kritisch-distanzierte Stimmung. Die Lehramtsstudenten analysierten und interpretierten die Texte gemeinsam mit der pensionierten Deutschlehrerin Mira Lange von vorn bis hinten und beäugten diese aus verschiedenen Perspektiven.

'Das Auge isst mit' als Geheimsprache zu betiteln ist geglückt! Leitet super auf das Thema Redewendungen hin", kommentierte eine junge Studentin.
„Bei 'Ist zwölf viel?' wird eine Zahl sehr anschaulich in Relation zum Zusammenhang gesetzt! Stößt eigene Denkansätze an", befand ein älterer Kommilitone.

„Für den Sachunterricht finde ich 'Eiswetter' hervorragend! Toll geeignet als Einstieg zum Thema Ernährung oder auch zur Sensibilisierung in Hinblick auf Nahrungsmittelverschwendung und Portionsgrößen verwendbar", wurde den Themen ein aktueller Bezug abgewonnen.

Darüber hinaus kann man solche kurzen Geschichten ganz praktisch auch als Leseübung für verschiedene Lesestufen einsetzten. Sie können auf verschiedenen Ebenen gelesen werden. Bleibt nur die Frage offen: „Woher nimmt Oma Mira die Kreativität, die Gelassenheit und das Einfühlungsvermögen?", fasste ein Student aus der hinteren Reihe treffend zusammen.

„Das kann ich euch verraten! Aus einer gehörigen Portion persönlicher Erfahrung, einer Mischung aus Liebe und Begeisterung für Menschen und den treffenden Blick für das Wesentliche im Leben", antwortete Mira Lange augenzwinkernd.

Letztendlich waren alle begeistert und nahmen viele Anregungen mit nach Hause, wie sie praxisnahe Beispiele als einprägsame Erklärungen in den Unterricht einbringen können. Von Seiten der Universität gab es obendrein eine Anfrage zur Wiederholung des Vortrages für das nächste Semester.

Oma Mira genoss nach langer Zeit wieder einmal das Einläuten der festlichen Zeit auf dem gerade eröffneten Lüneburger Weihnachtsmarkt. Diese traditionellen Weihnachtsmärkte mit den typischen Gerüchen weckten viele schöne Erinnerungen an erfüllte Momente des Glücks. Sie tauchte in die weihnachtliche Atmosphäre ein und schlenderte über den Markt. Hier gab es viele Handwerksstände, bei denen man handgezogene Kerzen, Holzspielzeuge, gefilzte Hausschuhe, gehäkelte Schals und Mützen, eingebettet in einen Duft-Mix aus Gewürzen, Schmalzgebäck, gebrannten Mandeln und Räucherkerzen, kaufen konnte. Es war aber auch möglich, einfach nur das weihnachtliche Flair zu genießen und begleitet vom Posaunenchor Weihnachtslieder mitzusingen. Mira kaufte eine Salzlampe, Esskastanien, Yogi Tee und deckte sich mit dem seltener gewordenen Heidehonig für den Winter ein. Seitdem sie in der WG wohnte, war der Verbrauch um einiges gestiegen, denn auch Jan Hansen und Emma Miller mochten den aromatischen Geschmack des Honigs aus der Lüneburger Heide.

Aufgetankt mit guten Emotionen machte sie sich auf den Weg zurück nach Kopenhagen. Auf dem Rückweg lieferte sie noch in der Hamburger Region kurz einige Nikolaus- und Weihnachts-Pakete für Enkel und Kinder persönlich aus. Bei den Paketpreisen und den oft überlasteten Auslieferfahrern, war das für Mira eine nette und pünktliche Alternative.

Knapp hinter der dänischen Grenze meldete sich Emma Miller per Telefon: „Mein Flieger landet übermorgen am 01.12. um 12.45 Uhr in Kopenhagen. Kannst du mich evtl. abholen?" „Ja, das wird klappen!", freute sich Oma Mira schon auf die erste gemeinsame Weihnachtszeit mit der WG.

Im Meerjungfrauenweg 23A wurde Mira überschwänglich empfangen. Cicero sprang ihr sofort auf den Arm und stupste freundschaftlich das Ohr. Jan hatte schon das Wasser für den Tee gekocht. Auf dem Küchentisch stand in Erwartung eines netten WG-Plausches eine kleine Schüssel mit Pfeffernüssen.

„Ich sehe, bei euch hat alles toll geklappt. Schön, wieder hier zu sein! In Oslo hat es schon geschneit! Und in Lüneburg war der Weihnachtsmarkt mal wieder traumhaft! Hier, den Yogi Tee muss du mal probieren!", schwärmte Mira. „Hmmm, duftet lecker!", atmete Jan den würzigen Geruch ein. „Ich finde, der schmeckt richtig nach Weihnachten! Herrlich, jetzt hält Weihnachten Einzug in die WG", fügte sie hinzu. „Morgen geht es richtig los!"

8. Oma Mira macht Karriere

„Einen wunderschönen guten Morgen, Jan! Wollen wir nach dem Frühstück zusammen den WG-Weihnachtsbaum kaufen?", fragte Mira voller Tatendrang. „So früh? Morgen ist doch erst der erste Advent!", wunderte sich Jan Hansen. „Eben, drum! Obendrein der erste Dezember! Bis dahin brauchen wir den Baum, damit ich dort die 24 Säckchen unserer Adventskette dranhängen kann. Wie meine Enkelkinder schon nach meiner Geburtstagsfeier im August meinten: „Vorfreude ist die schönste Freude."
„Jaja, überzeugt. Wir holen gleich den Tannenbaum!", gab Jan nach, denn der Satz von gestern Abend "Herrlich, jetzt hält Weihnachten Einzug in die WG -", klang ihm noch in den Ohren. „Lass uns das Wohnmobil für den Transport nehmen. Da passen auch noch ein paar Brennholzscheite mit rein. Dann können wir uns an den Adventswochenenden gemütlich Esskastanien und Bratäpfel auf dem Ofen in der Stube backen. Übrigens hole ich Emma morgen Mittag vom Flughafen ab. Hast du am Nachmittag Zeit für ein gemeinsames WG-Advents-Tee trinken?", plante Mira weiter. „Sicher", stimmte Jan zu.
Im Laufe der Zeit hatte er solche gemütlichen Mußestunden immer mehr zu schätzen gelernt. „Eventuell

kannst du mit einigen traditionell dänischen Advents- oder Weihnachtsbräuchen beitragen. Lieder, Gedichte, Geschichten, Gebäck oder so", beteiligte Oma Mira ihn gleich bei den Vorbereitungen.

Die Auswahl an Weihnachtsbäumen war riesig. Von Blaufichten bis Edeltannen mit und ohne Wurzeln reichte die Auswahl. Sie entschieden sich demokratisch für eine große, etwas schräge Nordmanntanne. „Hier wird wirklich jedem der passende Baum eingenetzt! Beim selber Sägen früher im Wald waren die Bäume nicht so perfekt, aber das ganze Flair dabei war romantisch", bemerkte Oma Mira kurz. Auf dem Weg nach Hause kauften sie noch zwanzig Säcke Brennholz und ein wenig Anzündholz. „Glück gehabt, dass mein Wagen vielseitig anstatt schnittig ist!", stellte Mira mal wieder beim Anblick des vollgeladenen Wohnmobils fest.

Mira erfasste vorne die Spitze und Jan ergriff am hinteren Ende den Stamm des Baumes. Gemeinsam trugen sie den Weihnachtsbaum in das WG-Wohnzimmer. „Dort in der Ecke ist ein toller Platz. Da können wir den Baum auch von der Küche aus sehen", fand Oma Mira. „Haben wir überhaupt einen Christbaumständer?", fragte Jan zögernd. „Nö, noch nicht. Aber gleich. Hol mal bitte die alte Milchkanne von der Terrasse. In Kombination mit der Kupferbrennholztonne und ein paar Brennholzscheiten ist das kein Problem", erklärte sie. Sie platzierten den großen Behälter aus Kupfer auf die rote, runde Weihnachtsdecke, die den Fußboden abdeckte. Da stellten sie die Milchkanne mittig hinein und legten Holzscheite in den Zwischenraum drum herum, bis die Kanne einen sicheren Stand hatte.

Währenddessen beschnüffelte Cicero aufgeregt den Stamm des Weihnachtsbaumes und wollte gerade sportlich siegessicher das Bein heben, als Mira aufblickte. „Kischt Cicero! Der Baum wird später gewässert", zischte Oma Mira. Jan und Mira hievten die Tanne in die Milchkanne. Sicherheitshalber befestigten sie die Spitze noch an der Decke und schmückten diese mit einem großen Stern. Dann stand er gut und beinahe gerade. Jan füllte Wasser in die riesige selbstgebaute Vase. „Das hätten wir. Ich entferne mal das Netz!", seufzte Jan Hansen mit etwas gemischten Gefühlen. Nach längerer Zeit schmückte ein Weihnachtsbaum auch wieder die Stube seines Hauses. Die letzten drei Jahre hatte er darauf verzichtet und versucht vor dem Weihnachtstrubel zu flüchten.

Am späten Nachmittag fuhr Oma Mira, zu einem weiteren Lesetermin ins nahegelegene Seniorenheim. Überraschenderweise saßen dort auch die beiden Turbo-Rollator-Damen erwartungsvoll im Aufenthaltsraum. „Halli hallo! Erkennen Sie mich noch? Fidelio! Wir sind uns schon mal vor und in der Oper begegnet!", ging Oma Mira auf sie zu! „Ja! Was machen Sie denn hier? Wohnen Sie jetzt auch hier?", entgegnete die schmalere der beiden Damen. „Nein. Ich bin heute die Vorlese-Oma! Ich wohne in einer WG hier gleich um die Ecke im Meerjungfrauenweg 23A. Sie können gern mal auf einen Tee vorbei schauen", lud Mira die lebenslustigen Damen ein. „Da kommen wir gerne drauf zurück", nahmen die beiden die Einladung dankend an und freuten sich noch mehr auf die bevorstehende Vorlesestunde. Gekonnt präsentierte Mira den Senioren die lebendigen Geschichten aus ihrem Buch „Oma Mira auf Lesereise". „Herzlichen Dank für den netten Nachmittag! Ihre Geschichten bringen den Sonnenschein des Lebens herein. Gerade zur Weihnachtszeit ist das gut gegen Einsamkeit. Diesen Monat haben Sie bestimmt einiges auf dem Programm", sagte die Leiterin. „Das stimmt allerdings! Bis Heiligabend schaue ich noch in sieben Seniorenheimen, drei Kindergärten, zwei Krankenhäusern und einer Bibliothek vorbei", bestätigte Mira Lange.

Abends eröffnete Mira die Weihnachtsbäckerei. Sie bereitete in der WG-Küche Stutenkerle aus Hefeteig, um diese ihren Mitbewohnern zum morgigen Advents-Tee zu servieren. Für Emma hatte sie sich etwas ganz besonderes ausgedacht. Für die Musikstudentin kreierte Mira einen Notenschlüssel aus Hefeteig.

Bei ihrer Wochenend-Joggingrunde am frühen Sonntagmorgen war Mira besonders gut gelaunt. Das bemerkte auch Cicero am schnelleren Lauftempo. Später beim Duschen summte sie vergnügt das Weihnachtslied "Ihr Kinderlein kommet". Morgenfrisch holte sie behutsam den selbst gebauten Stall hervor. Auf der Kommode neben dem Esstisch schaffte sie Platz für die geschnitzten, handbemalten Krippenfiguren. In ihrer Familie war es Tradition, ab dem ersten Dezember täglich eine andere Krippenfigur zum Stall hinzuzustellen. Ihre Kinder liebten das damals sehr. Der erste Weg war immer zum Stall, um zu schauen, welche Figur neu gekommen war. Und Heiligabend kam dann endlich die Krippe mit dem Christkind.
Diesmal wählte sie zuerst den Hirten im schokoladenbraunen Mantel. Danach hängte Mira 24 rot-weiß karierte Adventssäckchen, gefüllt mit kleinen Überraschungen, an den Tannenbaum im Wohnzimmer. „Perfekt! Da müssen wir uns nachher bloß noch einig werden in welcher Reihenfolge gezogen werden darf!", schmunzelte Mira.

Mira holte Emma Miller, wie versprochen, pünktlich vom Flughafen ab. Zum Adventstee trudelten alle WG-Bewohner ins Wohnzimmer ein. Jan heizte den Brennofen an, auf den Mira schon Esskastanien zur Röstung bereit gelegt hatte. Bei Yogi Tee, Schokoladenfondue und Stutenkerlen saßen alle drei gemütlich auf dem weißen Sofa vor dem wärmenden lodernden Feuer des Brennofens. Im Hintergrund spielte leise Tschaikowskys „Nussknacker".

„Ich wünsche euch einen schönen ersten Advent und starte hiermit die Adventskette. Jeder darf abwechselnd ein Säckchen wählen. Die Jüngste fängt an, da die Älteren schon geübter im Warten sind", witzelte Mira. Emma ging zum Baum und öffnete ein Päckchen. Es waren Sonnenblumensamen für den Pflanzenkübel darin. „Danke schön! Ich habe richtig Glück gehabt mit meiner WG", sagte sie und drückte Oma Mira einmal. „Viel zu schade zum Essen, der gebackene Notenschlüssel!", meinte Emma gerührt, als sie Miras Überraschung sah. „Beim nächsten Mal möchte ich mitbacken! Die Notenschlüssel wären eine tolle Idee für meine Freundinnen aus dem Orchester", nahm Emma die Idee weiter auf. Mira strahlte und nickte. Gedanken versunken wanderte Jans Blick von den Flammen im Ofen über den Wohnzimmertisch hinweg zur Tiervilla, um dann auf Miras Antlitz zu verweilen. „Verwandlung in mehreren Akten", dachte er lächelnd und betrachtete wie ihre Falten die gutmütigen Konturen ihres Gesichtes nachzeichneten.

Wie besprochen veranstalteten Oma Mira und Emma einen großen Backtag, bei dem sie für Kommilitonen und Orchesterkollegen Notenschlüssel aus Hefeteig backten. Mit mehlbestäubten Händen tanzten sie lachend zwischen den Backblechen in der Küche zur Musik von Albert Hammonds „Under the Christmas tree". Zwischendurch holten sie die fertig gebackenen Hefeteile aus dem Ofen und schoben neue hinein. Ausgelassen sangen und alberten sie im Duft erfüllten Raum herum, bis sie tatsächlich 50 Notenschlüssel gebacken und schön eingepackt hatten. „Danke, Mira! Du bist einfach klasse! Soviel Spaß hatte ich schon lange nicht mehr", jauchzte Emma noch ganz außer Atem.

In der Nacht zum sechsten Dezember schlich Oma Mira nach unten zur Garderobe und schob allen WG-Bewohnern – inklusive sich selbst - eine Walnuss und einen gebastelten Nikolaus ganz nach vorne in die Schuhspitze. Auf dem Küchentisch postierte sie ein prächtiges Knusperhaus aus Lebkuchen, welches mit Süßigkeiten verziert war. Daran befestigte sie eine

Nikolauskarte mit der Aufschrift: „Für gemütliche Knusperstunden an den verbleibenden Adventssonntagen. Viele Grüße vom Nikolaus."

Gebannt wartete sie in der Küche auf die Reaktionen von Jan und Emma, denn sie wusste, dass die Nikolaustradition eine deutsche Zugabe zur WG-Weihnachtszeit war.

„Autsch! Was ist das denn? Eine Nuss im Schuh!", hörte sie Jan Hansen wettern. „Das kann nur Oma Mira gewesen sein", dachte er, als er ein Kichern aus der Küche hörte. Er schaute kurz in der Küche vorbei und seufzte: „Noch 18 Tage! Dann ist Heiligabend! Puhh!" „Viel Spaß bei der Arbeit", entgegnete ihm Mira grinsend.

Mittlerweile hatte Oma Mira als Vorleseoma einen ungeahnten Beliebtheitsgrad erlangt. Die Kombination aus ihren sympathischen Geschichten und der ruhigen, warmherzigen Vorlesestimme traf das aufkeimende Bedürfnis der Menschen nach Geborgenheit und Entschleunigung. Dies ließ sie zur Frontfigur für die Kampagne:„Lesen?! – Den Luxus leiste ich mir!", avancieren. Diese Aktion wurde zur Förderung der Lese- und Sprachkompetenz, sowie als Hinweis auf eine einfache Entspannungsmöglichkeit für jedermann ins Leben gerufen. Initiatoren waren Bildungseinrichtungen und verschiedene Krankenkassen, die im Zuge der steigenden „Burnout"- Zahlen sich mittlerweile einen ökonomischen Gewinn im präventiven Einsatz versprachen.

Einige Tage später stand das Fotoshooting für die Plakate der Aktion auf Miras Terminkalender. Dafür traf sie sich in der Kopenhagener Innenstadt mit dem beauftragten professionellen Fototeam in einem Hotel. Das Team bestand aus dem Fotografen, einem Assistenten und einer Visagistin. „Guten Tag! Sind Sie Frau Lange, die Vorlese-Oma?", begrüßte sie der Assistent mit hochgesteckter Sonnenbrille auf dem Kopf. „Wir haben von den Initiatoren der Lesekampagne den Auftrag bekommen einige Fotos für Plakate und Werbeanzeigen zu schießen. Als passende Location hat unsere Agentur das Kaminzimmer dieses Hotels gebucht. Während wir hier die Beleuchtung abstimmen, gehen Sie bitte ins Zimmer nebenan zur Visagistin", führte der Assistent aus.

„Ich werde Ihnen gleich ein Make-up auftragen, das Sie einige Jahre jünger macht", verkündete die Visagistin. „Das möchte ich aber gar nicht! Ich bin froh über jeden Tag, den ich erleben durfte. Und damit muss ich doch nicht hinter dem Berg halten."

Ganz in ihrem Element versunken ignorierte die Visagistin Miras Einwand und fuhr fort. „Bei den Fingernägeln kann man nicht viel machen, die sind abgebrochen!", rief sie über Miras Kopf hinweg dem Assistenten zu. „Da muss ich Ihnen widersprechen! Diese Fingernägel sind einfach nur kurz geschnitten, da es für meinen Alltag angemessener ist. Und das ist 100 Prozent sicher, denn ich habe diese Fingernägel eigenhändig abgeschnitten", mischte sich Mira unverfroren ins Gespräch ein. „Sie sind aber eine harte Nuss!", versuchte die Visagistin wieder die Gesprächsführung zu übernehmen.

„Schön, dass Sie selber auf diesen bildlichen Vergleich kommen. Nehmen wir doch gleich das Beispiel Walnuss – faltige, riffelige Schale und das Innenleben sieht aus wie die Windungen eines menschlichen Hirns. Glatt geschmirgelt würden Schale und Inhalt gar nicht zusammenpassen. Parallel dazu sehe ich keinen Anlass, irgendetwas glatt zu spachteln in meinem Gesicht. Wir können uns gerne auf Wimperntusche und Lipgloss einigen", gab Oma Mira zu verstehen.

Verblüfft schauten die Visagistin und der Assistent den Fotografen an. Dieser hatte das Gespräch amüsiert mit angehört und schien Gefallen an der selbstbewussten älteren Dame zu finden. „So wird`s gemacht! Die 72-jährige Vorlese-Oma soll nicht verbogen werden, sondern authentisch rüberkommen!", entwickelte er Begeisterung für das nicht alltägliche Projekt.

Langsam kam Schwung in das Fotoshooting. Das Ergebnis konnte schon bald darauf in Werbeanzeigen und Plakaten betrachtet werden.

Im Bus auf dem Weg zur Arbeit überflog Jan Hansen wie gewohnt die Zeitung. Er grübelte über einen Artikel zum Thema Stromklau am Arbeitsplatz. Einem Azubi wurde gekündigt, als Grund wurde Handy nachladen, ohne vorher eingeholter Erlaubnis, geltend gemacht. Beim Umblättern sprang ihm plötzlich Oma Mira ins Auge. In der Werbeanzeige saß sie vor einer brombeer-gold gestreiften Tapete neben einem Kamin auf ihrem gold-umrandeten Vorlesethron. Dabei hielt sie ihr Buch aufgeschlagen in den Händen und lächelte ihr verschmitztes Lächeln. Darüber stand in verschnörkelter Schrift: „Lesen?!- Den Luxus leiste ich mir!" „Endlich mal eine authentische Kampagne! Und wer wäre dafür besser geeignet, als die herzliche Oma Mira!", dachte er anerkennend. Stolz legte er Mira den Artikel am Abend auf den Küchentisch.

Der dritte Adventsabend gestaltete sich komplett anders als die ersten beiden eher besinnlichen Adventssonntage. Er stand ganz im Zeichen der Frauen-Europameisterschaft im Handball. Im Handballland Dänemark gehören diese internationalen Turniere schon fest zum Weihnachtsprogramm. Es war mal wieder Zeit für den Klassiker Dänemark - Norwegen.

Um sicher zu stellen, dass die WG die Handballbegeisterung übernimmt, hatte Jan Hansen die komplette Planung des dritten Adventstreffens übernommen. „Leider dominiert Norwegen in letzter Zeit die Handballszene bei großen Turnieren sehr stark", schätzte der erfolgsverwöhnte Handballfan Jan Hansen diesmal die Medaillenchancen für sein rot-weißes Team nicht so hoch ein. Handballkenner Jan Hansen wies Emma Miller in die Handballregeln ein und kommentierte die Startaufstellungen. Einer dänischen Tradition zur Folge hatte Jan extra dänische „Aebleskiver" (Apfelscheiben) vorbereitet. Jan lebte beim Handball richtig auf. So enthusiastisch kannten seine Mitbewohnerinnen ihn gar nicht. Er fieberte mit, schimpfte über Schiedsrichterentscheidungen und jubelte bei jedem Tor für Dänemark. Emma Miller und Oma Mira saßen auf dem Sofa und wussten nicht, was sie unterhaltsamer fanden, das Spiel im TV oder das Fanverhalten vor dem Bildschirm.

Leider behielt Jan Hansen mit seiner Einschätzung Recht. Die Däninnen unterlagen diesmal den schnellen Norwegerinnen und verpassten somit das Halbfinale. Ein Halbfinale ohne dänische Beteiligung, das musste Jan Hansen erst einmal verdauen!

Die Frage, woher die runden Miniklößchen aus Hefeteig den Namen „Aebleskiver" hatten, verschoben Emma und Mira lieber auf einen anderen Zeitpunkt. Obwohl beide sich darüber wunderten, denn diese „Apfelscheiben" hatten weder einen sichtlichen Zusammenhang mit Äpfeln noch eine Scheibenform.

Beim täglichen E-Mail-Check stolperte Mira über eine Mail. „Terminanfrage bei der aus der Werbung bekannten Vorlese-Oma für die Route Kiel/Oslo - Oslo/Kiel", stand dort unter Betreff zu lesen. Sie enthielt eine Anfrage für nächstes Jahr im Herbst/Winter Lesungen auf dem Schiff zu halten. Da um diese Jahreszeit viele Senioren diese Tour buchen, wäre es eine tolle Ergänzung zum Unterhaltungsprogramm an Board. „Honorar ist Verhandlungssache!", wiederholte Mira den letzten Abschnitt des Textes. „Wenn das so weitergeht, brauche ich bald eine Künstleragentur die solche Verhandlungen führt", flüsterte sie überwältigt von der Nachfrage. Dabei dachte sie schmunzelnd an ihre Generalprobe auf dem Schiff mit Assi, Babsi und Chrissi zurück. „Wer hätte das gedacht! Das muss ich ihnen sofort erzählen", dachte sie und rief ihre Freundinnen in alphabetischer Reihenfolge an.
Nach langem Ringen entschloss sich Jan Hansen seine Bewerbung für die frei werdende Stelle als Yachtha-

fenmeister persönlich abzugeben. Mittlerweile fand er den Gedanken spannend in seinem alten Beruf zu pausieren und neue Facetten des Lebens, aus einer anderen Perspektive, auszuprobieren. Der alte Hafenmeister nahm sie entgegen. „Vielen Dank für Ihr Interesse! Wie sind Sie denn auf die frei werdende Stelle aufmerksam geworden?", fragte er interessiert. „Tja, die konnte ich gar nicht verfehlen. Meine WG-Mitbewohnerin hat sie mir sozusagen von Norwegen über das Meer nach Kopenhagen mit dem Zaunpfahl rübergewunken!", lachte er. „Das hört sich spannend an. Am besten kommen Sie zu unserer Silvesterparty in den Yachthafen! Dann können wir uns ein wenig näher kennenlernen und Sie bekommen schon einen Eindruck davon, was da so auf einen zukommen würde", schlug der abgehende Meister spontan vor. „Abgemacht!", willigte Jan Hansen sofort ein.

Zwischen Vorleseterminen, Weihnachtsschmuzelbriefen und dem vierten Advents-WG-Nachmittag nahm Oma Mira gut gelaunt an der Weihnachtsfeier in ihrem Fitnesscenter teil. Auf diese Feier freute sie sich immer besonders. Einerseits trafen dort die unterschiedlichsten Menschen, von Spinning-Freak bis zum Aqua-Gymnastik-Freund in lockerer Stimmung aufeinander und andererseits gefiel Mira die ausgewogene Mischung des Festes aus Bewegung, Essen und Unterhaltung gut.

Endlich war der 24. Dezember da. Mira schritt die Treppe zum Wohnzimmer hinunter. Dicht dahinter folgte Cicero. Als erstes holte sie aus der Holzkiste die Krippe mit der kleinen Jesusfigur heraus und stellte diese zu Maria und Josef in den Stall. Dazu schaltete sie das elektrische Teelicht ein, welches den Stall erleuchtete. "Fröhliche Weihnachten ihr zwei!", begrüßte sie Romeo und Julia in der Kleiderschrank-Voliere. Feierlich gestimmt ging sie in die Küche, legte ihre Lieblingsweihnachtsmusik ein und kochte sich einen Yogi Tee. Sie schaute aus dem Fenster und genoss mit jedem Schluck die entspannte Weihnachtsstimmung. Langsam ließ sie das vergangene Jahr vor ihren Augen Revue passieren. Beschwingt wischte Mira die schwarze Wandtafel. Dann befestigte sie, mit kleinen Magneten, Fotos der WG-Höhepunkte darauf. Es entstand eine tolle Collage mit lustigen Bildern vom Einzug, vom Regenwasser feudeln -mit Stirnlampe- beim Dachschaden, vom Heimwerkereinsatz für die Vogelvoliere, von der Schatzsuche an Oma Mira´s Geburtstag, vom Kartoffelschälwettbewerb samt Jan Hansens Prämien, von Oma Miras Laufwettkampf und natürlich von der Notenschlüsselmassenproduktion mit Emma am Adventswochenende.

Als Emma und Jan das Fotoprojekt erblickten, lachten sie herzlich über die gemeinsamen Erlebnisse.

Mittlerweile ging das eingespielte Trio sehr routiniert ans Stühle rücken. Emma, Jan und Mira kamen gut voran mit den Vorbereitungen für das große Festessen. Dabei setzten sie sich Kochmützen auf und frotzelten über Jans Kartoffelschälwettbewerbssieg. Gemeinsam verspeisten sie nebenbei die letzten Leckereien aus dem gewonnenen Präsentkorb.

Am Nachmittag trafen nach und nach die Gäste ein. Zuerst kamen die beiden Turbo-Rollator-Damen, die sich riesig auf das Weihnachtsfest in der bunten Zusammensetzung freuten. „Willkommen! Treten Sie ein!", begrüßte Oma Mira die beiden. „Nochmals herzlichen Dank für die Einladung! Eine kleine Luftveränderung tut uns immer gut", betonten sie neugierig in der Garderobe. „Kommen Sie. Ich nehmen Ihnen die Mäntel ab. Hier entlang! Wir sind gerade beim Tisch decken", informierte Mira. „Nach langer Diskussion hat sich die WG auf gegrillten Lachs mit braunen Kartoffeln und gedünstetem Gemüse einigen können. Ganz nach dänischer Tradition gibt es zum Nachtisch Ris a la mande", erzählte Mira weiter.

„Sie könnten mir helfen diese Eisenbahn auf der Festtafel aufzubauen. Der Zug soll hier einmal längs fahren und Gewürze, Getränke und das Mandel Geschenk in den Waggons transportieren", band Mira die Gäste gleich aktiv in die Vorbereitungen ein. „Eine XXL-Eisenbahn! Da spielen wir doch gerne mit!", entgegneten sie heiter.

Zum Weihnachtschmaus trafen dann Jans Sohn Morten samt Emmas Kommilitonen Jelena und Katharina ein, die das Weihnachtsfest erst am 6. und 7. Januar mit ihrer Familie feierten. Alle nahmen an der außergewöhnlichen Festtafel mit Eisenbahnverbindung Platz. Emma servierte die Vorsuppe und Jan Hansen das Hauptgericht. Oma Mira hingegen spielte Lokführer und fuhr die Getränke per Eisenbahn in Position. Morten war beeindruckt von Miras Einfall. „Hatte ich doch Recht gehabt, damals bei Miras Umzug. Sein Vater und der WG-Kompagnon werden noch viele unterhaltsame Stunden haben", freute er sich und erzählte der Tischrunde von seinem ersten Treffen mit Oma Mira als Umzugshelfer.

Emma hielt eine kurze Rede, in der sie sich bei ihren toleranten Mitbewohnern bedankte. „Dank des Organisationstalentes und der Kreativität meiner Mitbewohner lassen sich alle Marotten gewinnbringend in einer WG unterbringen. So wurde meine morgendliche Violinübungsstunde auf die Uhrzeit gelegt, dass sie für den Teil der Bewohner, die nicht von lebendigen Kuscheltieren zum Morgensport geweckt werden, als klassischer Wecker fungiert", schilderte sie ein Beispiel.

„Och, wäre das schön, wenn wir im Seniorenheim auch mit klassischer Musik geweckt würden", kamen die Turbo-Rollator-Damen ins Schwärmen.

Traditionell kam zum Schluss der Milchreisnachtisch, in dem eine einzige Mandel versteckt war. Für den glücklichen Finder stand das in goldenem Papier verhüllte Geschenk auf dem letzten Eisenbahnwaggon bereit. Mira füllte jedem eine kleine Schale vom Dessert auf. Aufmerksam genossen alle die süße Speise.

„Stopp! Ich hab sie!", meldete Jan und zeigte den Beweis. Mira rangierte die XXL-Eisenbahn so, dass der letzte Waggon mit dem Geschenk vor Jan Hansen stehen blieb. Behutsam öffnete er das goldene Geschenkpapier und entnahm den Zitate-Kalender. "Da werde ich doch direkt mal früh aufstehen und selbst ein Zitat an unsere Tafel schreiben", nahm Jan die Inspiration auf.

Zur Bescherung setzten sie sich ins Wohnzimmer zu Ofen und Weihnachtsbaum. Oma Mira schenkte Emma und Jan Tickets für ein André Rieu Konzert. „Ich dachte, wir machen Ende Februar einen WG-

Ausflug zum Konzert nach Bremen und nehmen auch noch meinen musikbegeisterten Enkel Luca mit", weihte Oma Mira die Beschenkten in den Plan ein. Emma und Jan waren beide von André Rieus Musik begeistert und freuten sich riesig. „Auf zur nächsten Wohnmobiltour", grinste Jan voller Vorfreude. Den Gästen überreichte Oma Mira jeweils die neueste Ausgabe von „Oma Mira auf Lesereise". „Prima, dann können wir selber Vorlesestunden halten, bei uns im Seniorenheim", waren die Turbo-Rollator-Damen gerührt.

"Ich verstehe: Eine Kombi für die Balance zwischen frischen Geist und fitten Körper", grinste Jans Sohn Morten und spielte dabei auf die e-book Kommentare beim Umzug an.

Zum Ausklang des schönen Abends präsentierte Emma mit ihren Kommilitonen noch einige Stücke des morgigen Weihnachtskonzerts. Bei Bratäpfeln mit Vanillesoße und Gebäck lauschten alle entspannt der besinnlichen Musik.

Am zweiten Weihnachtsfeiertag fing es auch in Kopenhagen an zu schneien. Oma Mira ging in die Küche, um eine Dose mit passendem Deckel zu holen. Erfreut lief sie in den kleinen Garten. Dort befüllte sie die Dose mit dem weißen frisch gefallenen Schnee. Gut verschlossen legte Mira diese in der Küche ins

Tiefkühlfach. „Da wird sich Luca aber freuen! Der wollte doch auch mal wieder echten Schnee sehen!", dachte Mira. „Mira! Telefon!", rief Emma von oben aus dem Fenster. Eilig rannte sie die Treppe zum Mobiltelefon in ihrem Zimmer hinauf.

„Ja, bitte!", meldete sie sich. "Hallo, Oma! Hier ist Luca! Mama sagt, ich soll fragen wann du kommst, zu Silvester?" „Kannst deiner Mama Bescheid geben, dass ich mit dem Zug komme! Genaue Ankunftszeit gebe ich noch durch!", sagte sie. „Gut, mach ich! Danke für die André Rieu Karte. Ich kann es gar nicht abwarten!", antwortete Luca. „Ich freue mich auch schon! Jan, Emma und ich holen dich Ende Februar mit dem Wohnmobil ab und dann geht es los nach Bremen zum Konzert!"

„Bei uns hat es heute geschneit! Ich habe dir Schnee gerettet und ihn eingefroren!", erzählte Oma Mira ihrem sechsjährigen Enkel. „Klasse! Oma, den wollte ich nämlich mit der Becherlupe anschauen", berichtete er. „Wir sehen uns ja schon am 29.12. , dann haben wir viel Zeit uns weiter zu unterhalten!", freute sich Mira auf den Besuch. „Ok, bis bald, Omi. Ich möchte dir doch endlich meine echte Geige zeigen!", verabschiedete sich Luca stolz.

Zu Silvester wurde es dann total still in der WG. Das umtriebige Trio feierte getrennt aushäusig. Emma war mit ihren Kommilitonen auf einer Studentenparty. Jan Hansen folgte der Einladung des alten Hafenmeisters, um das Neue Jahr im Yachtclub zu begrüßen. Und Oma Mira war bereits vor zwei Tagen zu ihrer Familie nach Deutschland gereist.

9. Klasse Konzertbesuch

Anfang des neuen Jahres erhielt Jan Hansen einen dicken Schmunzelbrief. Diesmal handelte es sich aber nicht um ein Original von Oma Mira, sondern um die Antwort des Yachtclubs. Jan setzte sich auf das Sofa im Wohnzimmer und öffnete den Umschlag. Halblaut las er: „Willkommen im Yachtclubteam! Wir freuen uns auf die Zusammenarbeit. Von unserer Seite wäre der Beginn der Einarbeitungszeit ab ersten März wünschenswert. Wir bitten für die Absprache des Starttermins um baldige Rückmeldung. Mit freundlichen Grüßen, Stine Larsen, erste Vorsitzende."
Schmunzelnd dachte Jan an die Silvesterfeier im Club zurück und überflog den beigelegten Arbeitsvertrag. Er lehnte sich zurück, verschränkte die Arme hinter dem Kopf und freute sich auf ein spannendes neues Jahr.

Beflügelt von ihrem Erfolg als Vorlese-Oma intensivierte Mira die Planung für Band II ihrer heiteren Vorlesegeschichten. Unter dem Titel „Oma, weiterlesen ...bitte!", sollten pünktlich zur nächsten Weihnachtslesetour sieben weitere Geschichten als Buch herauskommen. Sie hängte neue Brainstormingblätter und Zeichnungen an ihre Wäscheleinen im Lesezimmer, um sich gut in die Aufgaben hineindenken zu können.

Darüber hinaus verbrachte sie viel Zeit mit recherchieren und formulieren. Dabei erfreute sie sich an der Violinmusik der fleißig übenden Emma Miller. Zum Glück stand sie mitten im inspirierenden Leben und war geübt im Zuhören und Beobachten. Anregungen und Ideen schrieb sie immer gleich auf oder malte eine Skizze. In Kombination mit ihrer Kreativität fiel es Mira auf diesem Weg leicht, witzige, entspannte Storys zu entwickeln und gebührend auszuschmücken. Erfreulicherweise gab es im neuen Jahr obendrein eine Anfrage vom Radiosender. Unter dem Titel „Wieder Zeit zum Vorlesen?!", wünschte man sich die Vorlese-Oma Mira, die ab Herbst Geschichten über Radio vorlesen und besprechen sollte.

Zu dem Sondierungsgespräch im März wollte sie gut vorbereitet sein. Als Einstieg fand sie die Themen zu Band III „Früher, als es noch kein Handy gab...", für das Sendungskonzept passend; deshalb würde sie diese beim Meeting gerne präsentieren. „Irgendein überzeugender Clou wird mir bis dahin bestimmt noch einfallen! Die Vorlese Opas aus ihren Verstecken locken und mit Einbinden wäre vielleicht ein guter Ansatz", dachte sie zuversichtlich. „Ich glaube, ich muss mal wieder joggen gehen und tüfteln...", lachte sie und suchte Cicero.

Der Tag für die Einlösung der Weihnachtsgeschenke rückte näher und alle WG-Mitglieder freuten sich riesig auf die willkommene Abwechslung.
Emma Miller, Jan Hansen, Oma Mira und Cicero machten sich am 23. Februar per Wohnmobil auf nach Bremen zum lang ersehnten André Rieu Konzert. In Hamburg tauschten sie Cicero gegen Miras Enkel Luca, den sechsjährigen Nachwuchsmusiker, vorübergehend ein. Für das Konzert hatte er sich extra in Schale geworfen. „Uhii Luca! Du hast ja einen Frack an". „Ja, das ist mein André Rieu Kostüm! Habe ich zum Fasching getragen. Super Outfit! Mit Weste und goldener Bauchkette. Aber beim Karneval hatte ich noch ein Kissen für den dickeren Bauch", erzählte Luca lebhaft. „Super Sache, so eine schicke Verkleidung. Kann man im Gegensatz zum Supermannkostüm bei Taufen, Hochzeiten, Konfirmationen, Kommunionen und Konzerten wieder verwerten", erkannte Jan Hansen sofort die wesentlichen Vorteile.

„Oma, hast du Buntstifte im Wohnmobil?", fragte der sechsjährige Luca, als er sich den Prospekt vom Edvard Munch Museum anschaute. Der lag dort noch vom Novemberausflug mit Assi, Babsi und Chrissi. „Ja, mein Schatz! Im kleinen Fach unter deinem Sitz! Emma gibt sie dir bestimmt. Brauchst du auch einen Block Papier?", fragte Oma vorausschauend. „Nein! Ich male nur einen lacheligen Mund. Der eine schreit hier so auf dem Bild! So jetzt ist er fröhlich", antwortete Luca zufrieden. „Mal doch lieber ein ganz neues Bild! Du magst es doch auch nicht, wenn jemand in deinem fertigen Bild etwas verändert", versuchte Mira zu erklären. „Das Bild ist aber noch gar nicht fertig. Da fehlen die Ohren und die Haare", war Luca überzeugt und malte weiter.

Ganz ohne Stau kamen sie überraschend schnell in Bremen an. Auch der Parkplatz war durch die frühzeitige Anreise noch ziemlich leer, so dass sie ganz ohne Gedrängel die Ticketkontrolle beim Einlass passieren konnten. Aufgeregt betrat Luca die große Konzerthalle in Bremen.

Sie nutzten die verbleibende Zeit bis zum Start, um sich in Ruhe umzuschauen. Vorbei an den Fanartikelständen mit den DVDs, von denen er schon viele kannte, die Treppe hinunter zur Bühne. Da wollte er später auch mal mitspielen. Diese inspizierte er genau und freute sich über jedes Detail, welches er wiedererkannte. „Oma, wie hoch pischeln Doggen? Kommen die da dran?", grübelte Luca. „Woran?", fragte Oma verwundert. „Oben an die Blumenkästen auf der Bühne?", versuchte Luca die Höhe abzuschätzen. „Die stehen dort sicher! Außerdem sind hier gar keine Hunde in der Halle. Wir haben Cicero doch auch extra bei deinen Eltern gelassen", erwiderte Oma Mira leise.

„Entschuldigen Sie, aus welcher Richtung marschiert das Orchester denn ein?", erkundigte sich Mira bei einem Sicherheitsbeamten. „Das ist eine Überraschung!", wimmelte der Helfer sie ab. So einfach ließ sich Mira Lange natürlich nicht abwimmeln. Während Jan und Emma schon die reservierten Plätze ausfindig machten, ging sie mit Luca in die Katakomben und folgte den Stimmen. Schnell war klar, wo sich das Orchester aufhielt und an dem Bewegungsmuster der Helfer mit Knopf im Ohr konnte sie die Einlaufroute ausfindig machen.

Den am wichtigsten erscheinenden Ordner fragte sie: „Mein Enkel möchte gern mit André Rieu abklatschen, wenn er zur Bühne marschiert. Wo sollten wir uns am besten platzieren damit das möglich ist?" „Nah, kommen Sie! Wenn Sie hier mittig stehen, dürfte es klappen. Ich halte nur noch kurz Rücksprache mit Herrn Rieu", antwortete der kinderfreundliche Ordner mit niederländischem Akzent. Oma Mira bedankte sich herzlich, dann ging auch sie mit Luca zu ihren Plätzen. Von weitem zeigte der zuvorkommende Ordner mit dem Daumen nach oben, um Oma Mira ein OK zu signalisieren. Das Licht im Saal wurde gedämmt. Luca und Mira bezogen ihre Position. Musik ertönte und das Johann Strauß Orchester marschierte angeführt von André Rieu durch den Mittelgang zur Bühne. Der kleine Luca stand dort kerzengerade in seinem Frack mit erhobener Hand. Hinter ihm stand Oma Mira. Sie nickte André Rieu vorsichtshalber nochmal zu, um an ihren erwartungsvollen Enkel zu erinnern. Er zwinkerte kurz zurück, kam näher und klatschte mit Luca ab. „Oma! Ich - hast du das gesehen?", rief Luca stolz. „Klar!", sagte Mira die im Bilde war, dass es im Kindergarten zum Thema Fußball mehr Gesprächspartner gab, als für verstorbene Komponisten und deren Werke. Deshalb wusste Oma Mira, um die besondere Bedeutung dieses emotionalen Live-Erlebnisses. Es wird zusammen mit der fröhlichen Atmosphäre in lebendiger Erinnerung bleiben.

Begeistert dirigierte Luca die ihm bekannten Musikstücke von ‚Amazing Grace' bis ‚Second Waltz' mit. Während Emma Miller André Rieus ausgefeilte Spieltechnik beeindruckte, kommentierte Luca den weiteren Konzertablauf: „Gleich ist der Schneewalzer dran! Hoffentlich rieselt da auch Kunstschnee von der Decke wie auf der DVD. Voll witzig!". Leider war dieses Detail diesmal nicht dabei. „Schade, kein

Schnee. Aber beim nächsten Stück spielt Manu einfach weiter. Die macht immer so lustige Sachen", führte Luca weiter durch das Programm und beobachtete grinsend Manus ausgeprägte Mimik auf der mittleren Großleinwand.

„Wer ist denn Manu?", erkundigte sich Jan Hansen. „Na, die Klarinette mit dem hellblauen Kleid", informierte Luca. „Kennst du alle Musiker des Orchesters mit Namen?", wunderte sich Jan. „Fast. Manchmal sind auch neue dabei. Pierre, der Sohn ist heute gar nicht da", bemerkte er kurz, wandte sich dann aber konzentriert Oma Mira zu. „Du, Oma! Ich kann da gar nicht mehr mit machen. Da ist kein Stuhl mehr frei", sagte Luca ernst mit gedämpfter Stimme. „Weißt du, Luca, der André Rieu wirkt sehr flexibel. Ich glaube, für richtig gute Musiker, die Musik lieben wie er, stellt er einfach noch einen Stuhl dazu. Außerdem stehen ja auch einige", flüsterte sie Luca ins Ohr. „Stimmt! Mirusia und Kimmy zum Beispiel. Wie wir beim Chor!", seufzte Luca erleichtert.

„Wen findest du denn am besten?", fragte Oma. „Andre Rieu, weil er ein guter Chef ist, alles auswendig kann und Scherze macht. Die Sängerinnen, weil die so toll Zähneputzen und Manu", erklärte Luca, der sich auch mit den Herkunftsländern der Musiker auskannte. „Toll Zähne putzen?", hakte Oma Mira nach. „Wäre doch echt blöd, wenn man beim Singen bei denen plötzlich Löcher findet. So groß auf der Leinwand!", schilderte Luca seine Beobachtungen. „Stimmt, natürlich", bestätigte Mira einsichtig.

Bei der ‚Brasil Symphony' segelten endlich die erhofften Luftballons von der Hallendecke. Emma, Jan und Luca rannten los und sammelten zwischen den klatschenden Leuten, so viele Ballons wie sie tragen konnten. Oma Mira holte ein altes Paketband aus ihrer Handtasche und knotete sie gekonnt zu einer Traube zusammen. „Zugabe! Zugabe!", rief das Publikum immer und immer wieder. Nach der siebten Zugabe war das Konzert dann wirklich zu Ende. Mit einer Luftballontraube an der Hand und Musik im Ohr machten die vier sich auf den Weg zum Wohnmobil.

„Toller Mensch, der André Rieu", sagte Oma Mira erfüllt von dem Konzert. „Enorm, was er auf die Beine gestellt hat. Das ist jemand, der seinen Traum lebt."

„Meine Hochzeit soll später bei André Rieu im Schloss sein! Und ich spiele bei ihm im Orchester mit!", äußerte Luca bestimmt.

„Wenn es soweit ist, und wir die Möglichkeit dazu haben, fragen wir natürlich, ob das klappt, mein Schatz", bestärkte ihn Oma Mira.

„André Rieu träumt bestimmt gut, weil er so vielen Leuten mit Musik eine Freude macht", nuschelte der kleine Luca noch im Halbschlaf. Dann schlief er zufrieden lächelnd in seinem Kindersitz ein. Der träumende Nachwuchsmusiker wurde nach Hause gefahren und von seinem Vater vorsichtig in sein Bettchen ins Kinderzimmer getragen. Cicero bezog wieder seine Hundebox im Wohnmobil, dieses Mal jedoch mit dickem Knochen im Maul.

Für die weitere Rückfahrt übernahm Jan Hansen das Steuer des vielseitigen Wohnmobils. Emma Miller und Oma Mira machten es sich in der zweiten Reihe bequem und schlummerten bald ein. Beim Passieren der Großen Beltbrücke war es diesmal bereits stockdunkel und trotzdem genoss Jan Hansen einen Hauch von Freiheit bei der Überfahrt, nachdem er die neuerdings stark gesenkte Brückengebühr bezahlt hatte. Als wäre es gestern gewesen, erinnerte er sich noch an Oma Miras Worte über das phantastische Panorama von der ersten gemeinsamen Großen Belt Überquerung. Er blickte in den Rückspiegel und lächelte sanft. „Wie sich die Zeit ändert", dachte er zufrieden und freute sich schon auf die nächste Woche. Ab da war er beurlaubter Soziologe, im Einsatz als Yachthafenmeister, allerdings mit mehreren fest gebuchten Gastvorträgen an verschiedenen Universitäten.

Zurück in Kopenhagen saßen Emma Miller, Jan Hansen und Oma Mira bettreif am WG-Küchentisch aus Buchenholz. Sie zündeten das Teelicht in der Laterne an und tranken noch gemeinsam einen Tee. An der schwarzen Wandtafel über ihnen prangte der Spruch der Woche zum ersten Mal in Jan Hansens Handschrift:

"Unsere WG ist einmalig! Ich bin gespannt, wo uns das Leben noch hinführt."

Direkt darunter stand in einer anderen Handschrift:

„Es steht dir jederzeit offen, dabei hilfreiche Ideen anderer Mitbewohner einzuholen."
(Anmerkung von Oma Mira ☺)

Oma Mira auf Lesereise

Oma Miras Kurzgeschichten

Schmunzelbriefe

Heute holt Papa Louis vom Kindergarten ab. Louis will schnell nach Hause gehen, denn er erwartet Post von Oma. Gespannt schaut er zu, wie Papa den Briefkasten öffnet. Zwischen einer Zeitung und einer Pizzaservice Reklame verstecken sich vier Briefe. „Da! Der große, bunte Brief ist für mich. Jiehpiiiih!", jauchzt er los.

Den Brief, wie einen Pokal in die Höhe haltend, rennt er jubelnd ins Haus. Eilig reißt er ihn auf und holt ein Blatt, samt einer langen Liste aus dem Umschlag. „Papa, kannst du mir bitte mal beim Lesen helfen?", fragt er ungeduldig. Papa schaut eben noch seine Briefe durch, legt diese uninteressiert zur Seite und beginnt vorzulesen:

„Lieber Louis!
Wie versprochen, sende ich dir heute unsere große Teekesselchensammlung! Du wirst es nicht glauben, aber wir haben nun schon 74 Teekessel gefunden. Wenn dir noch mehr einfallen, sage mir bitte Bescheid. Ich schreibe sie dann sofort auf unsere Liste. Aber denk daran, die Nächte sind zum Schlafen da und nicht zum Teekessel suchen! Ich habe dich lieb. Bis bald. Viele Grüße von deiner Oma.

Louis und Omas Teekessel-Liste:
Angefangen bei A wie Amboss aus der Werkstatt und Amboss der Ohrenknochen, über F wie Fliege zum Umbinden und Fliege das Insekt, zu K wie Knirps der Junge und Knirps der Regenschirm, bis Z wie Zylinder der Hut und Zylinder vom Auto."

„Super Klasse! Ne, Papa? Schon 74 Teekessel! Und was steht in deinen Briefen?", fragt Louis gespannt.
„Och, das sind nur Rechnungen", antwortet Papa belanglos.
„Komisch, woher weißt du das denn? Du hast sie doch gar nicht aufgemacht", wundert sich Louis. „Das sieht man schon ohne sie zu öffnen", antwortet Papa knapp, während er ins Arbeitszimmer geht. Louis schaut ihm erstaunt hinterher und murmelt: „Na, Jubelbriefe bekommen Erwachsene wohl nicht mehr."
Schnell geht er zum Telefon und wählt Omas Nummer. „Hallo Oma! Danke für deinen tollen Brief mit der langen Liste. Wir sind echt gute Teekessel-Finder geworden! Ich habe ein neues Projekt für uns! Wir schicken Jubelbriefe an Leute, die wenig jubeln!"
„Was meinst du denn mit Jubelbriefen?", fragt Oma interessiert zurück. „Na ganz einfach! Jubelbriefe sind Briefe, bei denen man sich so richtig doll freut, dass man einfach jubeln muss!

Erwachsene bekommen immer nur langweilige Briefe. Sie wissen schon vorher, was drin steht, ohne sie zu öffnen. Rechnungen, Reklame und so. Und bei Papa fangen wir an!", erklärt Louis eifrig.

„Tolle Idee! Das machen wir", antwortet Oma begeistert. „Hast du dir schon überlegt, mit welchen Worten wir deinem Papa eine Freude bereiten können?"

„Oma, weißt du, Papas jubeln nur beim Fußball. Neulich, als das Nationalteam im WM Finale 1:0 in Führung ging, ist Papa tatsächlich richtig in Jubel ausgebrochen und vom Sofa gesprungen!", berichtet Louis von seiner seltenen Beobachtung. „Deshalb buchstabiere mir bitte mal das Wort E i n l a d u n g."

„Großes E, dann mit kleinen Buchstaben weiter i ‚n ‚ l, a, d, u, n, g" diktiert Oma langsam während Louis am andere Ende des Telefons mitschreibt.

Per Telefondiktat formulieren sie so ihren ersten Jubelbrief. Louis steckt den Brief zufrieden in einen bunten Briefumschlag und schreibt: Für Papa darauf. Heimlich öffnet er die Haustür und wirft den Umschlag zu den Reklamezetteln in den Briefkasten.

Am nächsten Tag kann Louis es wieder kaum erwarten, bis Papa nach der Post schaut. „Erwartest du noch mehr Post?", fragt Papa neugierig, als er Louis gespannten Blick auf den Briefkasten bemerkt. „Nein, nicht so direkt, aber Briefkasten öffnen ist doch immer aufregend! Findest du nicht, Papa?" „Na, da gibt es durchaus interessantere Dinge", murmelt Papa und schaut die Briefe durch.

„Na, so was! Ein Brief ohne Briefmarke und Absender im bunten Umschlag!", berichtet er verwundert. Louis hat Mühe sein Kichern zu verbergen. „Für Papa steht da drauf. Dann ist der wohl für mich!", sagt er und schaut schmunzelnd zum fröhlichen Louis hinüber. Sofort öffnet er den unerwarteten Brief und liest lächelnd vor: „Einladung zum Fußballspielen mit Louis. Treffpunkt: Samstag 14.00 Uhr im Garten. Bitte Jubellaune mitbringen. Bis dann, Louis."

„Die Einladung nehme ich doch gerne an. Ich arbeite noch eine Stunde, dann können wir nach dem Mittag gleich Fußball spielen gehen", verabredet er mit Louis. Kaum ist Papa im Arbeitszimmer verschwunden, rennt Louis zum Telefon und ruft Oma an. „Hey, Omi! Papa hat sich über den Brief sehr gefreut und geschmunzelt. Und wenn ich ihn nachher beim Fußball gewinnen lasse, klappt es mit dem Jubeln vielleicht auch noch. Weißt du was? Wir nennen unsere Briefe sicherheitshalber Schmunzelbriefe. Das klappt immer! Im Schmunzeln sind Erwachsene geübter als im Jubeln", stellt Louis fachmännisch fest.

2. Ameisenfest

„Das gibt es doch gar nicht! Hier unter dem Arbeitstisch ist ja auch alles voller Krümel", murmelt Mama vor sich hin und folgt der Krümelspur. Diese führt durch den Flur links am Kaufladen vorbei zur Kinderküche. Dort liegt ein angebissenes Brötchen. Doch die Spur geht noch weiter! Sie macht eine Rechtskurve um das Bobbycar. Hier wird die Spur dann auch zweifarbig, denn es kommen braune Schokokekskrümel hinzu. Mama schüttelt den Kopf und horcht auf: „Da raschelt doch etwas im Kinderzimmer!", sagt sie schmunzelnd und öffnet vorsichtig die Tür. „Was für ein Anblick", denkt Mama und muss lächeln. Im Kinderbett zwischen den ganzen Kuscheltieren sitzt Mia wie ein Huhn im Nest und picknickt. Dabei schaut sie sich Bücher an und wirkt sehr zufrieden. Mama lässt den Blick weiter durch das Kinderzimmer streifen. Auf dem Fensterbrett findet sie ein angebissenes Apfelstückchen mit schwarzen Punkten darauf. „Ei-ei, das sind aber keine Schokostreusel, denn die bewegen sich", stellt Mama treffend fest.
Mia springt aus dem Bett und stürmt zur Fensterbank. Das will sie sehen. „Hier!", sagt Mama und zeigt auf die wimmelnde Spur, die sich über das Fensterbrett schlängelt. „Ameisen!", ruft Mia überrascht. „Darf ich

vorstellen, das sind: Andi, Armin, Agathe, Alina, Annette, Anna, Adele, Albert, Aaron, Adamo, Annika und Antje", witzelt Mama. „Hast du die alle eingeladen, Mia?", erkundigt sich Mama amüsiert. „Hmh, wie eingeladen?", fragt Mia verblüfft. „Wenn es bei dir so viele Leckereien gibt, würden die Ameisen am liebsten gleich bei dir einziehen. Krümel und Äpfel sind die tollsten Einladungskarten für sie. Wie du auch, gehen sie gern zu jeder Feier und freuen sich schon auf den Festschmaus", beschreibt Mama bildhaft. „Aber jetzt ist das Familienfest vorbei", verkündet Mama bestimmt und holt Handfeger und Schaufel. Vorsichtig fegt sie das Apfelstückchen, samt der Ameisen, vom Fensterbrett und schreitet nach draußen in den Garten. Mia folgt ihr. „So, husch, husch, ab nach Hause", sagt Mama und setzt die Ameisen behutsam auf dem Rasen ab. Mia beobachtet das Ganze und winkt den Ameisen hinterher.

„Tschüss, bis zum nächsten Mal", kichert sie. „Dann aber bitte draußen zur Gartenparty", fügt Mama augenzwinkernd hinzu.

3. „Mama, ist zwölf viel?"

Am letzten Tag der Sommerferien steht Mia vor der großen schwarzen Wandtafel im Flur und schreibt mit weißer Kreide Zahlen darauf. Plötzlich rennt sie zu Mama in die Küche und fragt: „Mama, ist zwölf viel?", „Tja...", sagt Mama und rührt dabei die Gemüsesuppe im Topf um. „Hol mal das Glas mit den Rosinen und nimm dir zwölf Stück heraus!", beauftragt sie Mia.
Mia zählt zwölf Rosinen ab und legt sie auf den Küchentisch. „Zwölf ist eine Zahl, die zum Beispiel größer ist als zehn oder elf und kleiner ist als dreizehn oder vierzehn. Wenn du nun wie in unserem Beispiel zwölf Rosinen hast, sind das mehr als zehn Rosinen aber weniger als dreizehn und viel weniger als die restlichen Rosinen im Glas. Ob man etwas als viel oder wenig empfindet ist von verschiedenen Dingen abhängig. Wenn du zwölf Löffel Spinat essen solltest, ist das für dich viel, weil du den nicht magst", Mia nickt zustimmend und verzieht dabei das Gesicht. „Wenn du nun aber zwölf Erdbeeren essen darfst, findest du es vielleicht wenig, weil du gerne noch mehr essen würdest", erklärt Mama anschaulich. „Stimmt", bemerkt Mia nachdenklich, während sie die Rosinen verspeist.
„Es kommt dabei auf den Zusammenhang an, in der

die Zahl steht", ergänzt Mama nach einer kleinen Pause. „Im Klartext heißt das: Zwölf kann beides - viel oder wenig - sein. Zwölf Löcher in den Zähnen sind sehr viel und zwölf Haare auf dem Kopf sind sehr wenig!", fasst Mama die Erklärung wie immer sehr anschaulich zusammen.

Im Kindergarten am nächsten Morgen gibt es viel von den Sommerferien zu erzählen. Erzieherin Ina ist eigentlich in Elternzeit, aber heute auch mit ihrem kleinen Sohn Paul zu Besuch. Auf einmal ruft Gruppenleiterin Ulla entzückt: „Oh, Paul du hast ja schon vier Zähne, das ist aber viel!" Da meldet sich Mia gleich zu Wort und bemerkt stolz: „Vier Zähne können viel oder wenig sein! Mein Opa findet vier Zähne wenig. Im Klartext heißt das, es kommt immer auf den Zusammenhang an, ob etwas viel oder wenig ist." Erzieherin Ina blickt Mia verblüfft an und sucht nach Worten. Die Gruppenleiterin Ulla versucht die Situation zu überspielen und sagt bestimmt: „Du bist heute ja wieder altklug, Mia." „Du meinst wohl sehr klug für mein Alter", antwortet Mia ernsthaft und selbstbewusst. Ulla nickt zustimmend und schmunzelt über die kleine, starke Persönlichkeit.

4. Tauchjogging

Papa schaut aus dem Fenster: „Hmh, schon dunkel und es regnet immer noch in Strömen", brummelt er vor sich hin und schaut den Hund an. „Hey Louis, Tobi muss raus. Kommst du mit in den Park?", „Klar, ich hole nur noch meine Sachen", ruft Louis gut gelaunt aus dem Kinderzimmer. In Null Komma Nix steht er in der Garderobe und meldet schnaufend: „Fertig!" „Toll! Das ging ja flott", bemerkt Papa, der gerade den Hund anleint.

Als er hoch schaut, erhellt sich sein Gesicht. Vor ihm steht Louis ausgestattet mit Regenjacke, Gummistiefeln und einer Taucherbrille. „Hast du alles?", fragt Papa gespannt. „Ja, den Schnorchel lass ich hier. Bei dem Wetter regnet es da nur rein", erklärt er eifrig.

Vor der Haustür rückt Louis die Taucherbrille gerade und startet mit Armbewegungen vom Brustschwimmen. Dabei probiert er loszurennen. Erst langsam, dann klappt es immer schneller. „Komm Papa, mach mit! Tauchjogging ist echt toll!", fordert er Papa fasziniert auf.

Kurz darauf laufen beide fröhlich mit Schwimmbewegungen durch den Park. So spaßig war der Hundespaziergang am Abend lange nicht mehr.

„Ist das da eine Taucherbrille?", fragt einer der entgegenkommenden Jogger irritiert", „Ja, natürlich! Kennen Sie Tauchjogging nicht? Trainiert Oberkörper und Beine! Das ist der neueste Trend", erwidert Papa kurz. Dann muss er sich beeilen, denn Louis tauchjoggt ganz unbeirrt auf dem Heimweg weiter. Kopfschüttelnd schaut der Jogger Papa und Louis hinterher. „Sinnvoller als eine Sonnenbrille bei dem Wetter, findest du nicht?", bemerkt sein Joggingpartner treffend.

Zu Hause angekommen rubbelt Papa den durchnässten Hund Tobi ab und putzt sich die triefende Nase.

„Hat super geklappt! Meine Augen sind total trocken geblieben", strahlt Louis während er sich die tropfende Regenkleidung auszieht. „Morgen nehmen wir noch eine Taschenlampe mit, dann sieht man mehr unter der Taucherbrille", überlegt er begeistert. „Und wenn es morgen nun gar nicht regnet?", gibt Papa zu bedenken. „Das ist auch kein Problem! Dann machen wir eben Trockentauchjogging und nehmen den Schnorchel mit!", erwidert Louis fröhlich.

5. Geheimsprache

Die Vorbereitungen für den großen Osterbrunch sind in vollem Gang. Mama stellt die bunten Eierbecher mit den lustigen Eierwärmern auf. Auch die sechsjährigen Zwillinge Tim und Tom helfen eifrig mit. Sie legen die Osterservietten neben die Teller. So vergeht die Zeit schneller bis das große Familienfest startet.

Tim und Tom können es gar nicht mehr erwarten, bis alle Tanten, Onkel, Cousins und Cousinen eintreffen. In der Küche steht das Büfett mit Salaten, Käsehappen, Torten, Fisch, Wurstplatten und Obsttellern schon bereit. „Ich gehe noch schnell in den Garten und schneide ein paar Narzissen für die Tischdekoration, denn das Auge ist ja bekanntlich mit!", ruft Mama in die Küche und verschwindet pfeifend durch die Terrassentür.

Tim und Tom schauen sich verwundert an: „Was soll das denn heißen: „Das Auge isst mit?", fragt Tim achselzuckend. „So ein Quatsch! Augen können doch nicht essen!", schüttelt Tom ratlos den Kopf. „Na klar, ich hab es! Das ist eine Geheimsprache! Papa weiß bestimmt, was das bedeuten soll", flüstert Tim.

Beide schleichen zur Küchentür, um ihn zu beobachten. Papa steht am Ofen und schaut nach dem duftenden Osterbrot, dabei kaut er irgendetwas. Plötzlich klingelt es. „Endlich!", jubeln die Zwillinge. „Sie kommen!" Mama öffnet die Tür und begrüßt Onkel Franz, Tante Elli, Marie und Jonas. Jetzt parkt auch der silberne Volvo von Onkel Victor und Tante Vivi vor der Tür. Allmählich trudeln alle ein.

Im großen Begrüßungschaos behalten die Zwillinge Tim und Tom souverän den Überblick. Tim steht an der Tür und zählt laut die eintretenden Gäste, während Tom für jeden Gast einen Strich in sein Notizbuch schreibt.

Nachdem alle im Haus sind verkünden sie stolz: „28 Gäste plus 4 Gastgeber macht 32 Personen!" Onkel Viktor schaut durch seine Lehrerbrille und bemerkt schmunzelnd: „Ihr beide seid ja schon richtig schulklar!" Als Onkel Victors Blick zum Büfett schwenkt gerät er ins Schwelgen: „Oh, oh lauter leckere Sachen und so schön angerichtet! Jaja, das Auge isst mit!", vermeldet er, sich über den Bauch streichelnd.

Tom stupst Tim vorsichtig an und zischt „Hast du das gehört? Das Auge isst mit! Onkel Victor ist auch in die Geheimsprache eingeweiht! Das wäre doch gelacht, wenn wir den Code nicht entschlüsseln können! Wir beobachten Onkel Victor und notieren alles, was uns auffällt. Dann tüfteln wir schon raus, was es mit dem merkwürdigen 'Das Auge isst mit' auf sich hat!'", antwortet Tim leise.

Nun hören alle auf zu reden und schauen gespannt auf Papa. Er hält eine kurze Begrüßungsrede und eröffnet das Büfett. Abrupt erhöht sich der Lärmpegel. Hier klappern Teller, da hört man ein: „Bringst du mir noch ein Stück von der Erdbeertorte mit?", und zwischendurch fragt Mama: „Darf es noch etwas Kaffee oder Tee sein?", Aber Tim und Tom konzentrieren sich voll auf Onkel Victor. „Hey, schreib auf! Er geht schon wieder zum Büfett! Das dritte Mal!", tuschelt Tim.

Tom notiert alles, was Onkel Viktor auf dem Teller hat und fasst zusammen: „Er hat bis jetzt drei Rollmöpse, zwei Putenfilets, sieben Rosmarinkartoffeln mit Quark, zwei Portionen buntes Gemüse, drei Osterbrötchen mit Käse, ein gekochtes Ei, zehn Backpflaumen im Schinkenmantel, vier Stück Melone, zwei Stück Erdbeertorte, ein Stück Buchweizentorte, und eine Schüssel rote Grütze mit Vanillesoße verspeist. Nun schaut er auf dem Tisch herum, was er noch essen könnte", flüstert Tom.

Jetzt ist Tim alles völlig klar und er prustet laut los: „Mensch, Tom, ich hab`s! Der Code ist geknackt!" Während er sich aufrecht hinsetzt und mit hochgezogenen Augenbrauen die Personen an der Festtafel beäugt, erklärt er eifrig: „'Das Auge isst mit' bedeutet, dass man ein Auge auf die anderen Personen am Büfett werfen muss, damit man auch noch etwas abbekommt! Stimmt`s Onkel Viktor? Du hast am meisten Übung darin!"

Alle schauen lachend auf den schmunzelnden Onkel Viktor! „Na, ihr zwei habt ja eine tolle Beobachtungsgabe! Als Deutschlehrer habe ich wirklich viel Erfahrung mit Sprichwörtern! Deshalb präsentiere ich euch gleich einen neuen „Geheimcode: 'Lachen ist die beste Medizin'", motiviert Onkel Viktor die Zwillinge weiter zu tüfteln. Dabei lacht er herzlich über die tolle Erklärung der beiden Jungs.

6. Eiswetter

Auf dem Weg vom Spielplatz zum Markt schaut Mia nachdenklich in den strahlend blauen Himmel und fragt: „Mama, findest du nicht, dass heute echtes Eiswetter ist?" „Wieso Eiswetter? Es ist doch gar nicht kalt, sondern ein herrlich warmer Sommertag!", antwortet Mama amüsiert über die nette Andeutung. „Ja, eben drum! Mama, du weißt genau was ich meine!", erwidert Mia lachend.

„Okay!", willigt Mama fröhlich ein. Bei der Eisdiele angekommen, verschafft sich Mia erst einmal einen Überblick über das große Angebot.

Dort gibt es viele bunte Eissorten, teilweise bereits mit Namen von Comicfiguren, aber auch Sorten mit Obstnamen wie Banane, Zitrone, Orange und Kiwi. Darüber hinaus gibt es noch Sorten wie Joghurt-Holunder, Pistazie und natürlich Schokoladen- und Vanilleeis!

Mia entscheidet sich mal wieder für ihre Lieblingseissorte und bestellt: „Eine Kinderkugel Erdbeer-Eis, ohne Farbstoffe, in der Waffel bitte!"

„Boah!", ruft sie entzückt! Die Kugel ist ja riesig! So ein großes Kinder-Eis habe ich noch nie gesehen!".

Sie bezahlt einen Euro und fängt schnell an zu lecken,

damit es nicht zu tropfen beginnt.

Zufrieden hüpfend, leckend und redend geht sie mit Mama weiter zum Markt. An den Ständen kauft Mama frische Erdbeeren, Kirschen, Kohlrabi, Kartoffeln und Spargel ein. Danach wollen sie eigentlich nach Hause gehen.

Doch Mia wird immer stiller und sehr nachdenklich. Plötzlich hört sie auf, am Eis zu lecken und sagt bestimmt: „Wir müssen umdrehen und wieder zur Eisdiele gehen. Ich muss das Eis zurückgeben!"

„Zurückgeben?", fragt Mama verwundert.

„Ja! Zurückgeben oder umtauschen!", wiederholt Mia.

„Warum denn?", erkundigt sich Mama interessiert. Weil es mir zu groß und zu süß ist, kann ich es nicht aufessen! Wegwerfen will ich es aber auch nicht! Das wäre Verschwendung! Oder kannst du das Eis für mich aufessen, Mama?", zögert Mia.

„Toll finde ich, dass du selber merkst, wenn dir das Eis zuviel wird! Aber ich mag lieber frische Erdbeeren mit Joghurt anstatt Eis. Deshalb möchte ich es nicht aufessen", erklärt Mama entzückt von der Idee des Eis-Umtausches.

„Tja, dann bleibt nur der Umtausch um das Problem zu lösen!", entscheidet Mia prompt. Mia drückt der verblüfften Eisverkäuferin ihr halb aufgegessene Eis in die Hand und erläutert entschlossen: „Ich möchte das

Eis umtauschen. Das ist gar keine Kinderkugel! So eine große Portion können Kinder überhaupt nicht schaffen."

Verblüfft nimmt die Verkäuferin die Waffel entgegen und antwortet hilfsbereit: „Umtauschen darf ich es leider nicht, aber ich kann es dir abnehmen", und schmeißt es in den Mülleimer.

„Na so was!", entrüstet sich Mia während sie den Blick von Mama sucht. „Einfach weggeschmissen! So eine Verschwendung. An dem Eis hätten zwei oder drei Kinder Freude haben können!" „Das stimmt", besänftigt Mama sie. „Aber eben nur, wenn man es vor dem Anlecken in kleinere Portionen aufteilt."

Mia schüttelt den Kopf und meint: „Das ist doch Kinder veräppeln! Nächstes Mal kaufe ich nur eine halbe Kugel oder ich gehe besser gleich zu einer Eisdiele, die sich besser mit Kinderkugeln auskennt!"

7. „Gloohohohoho...... oria"

An diesem Morgen springt Mia kurz vor sechs Uhr aus dem Bett. Sie reckt die Arme in die Höhe und ruft wie immer: „Hurra, ein neuer Tag ist da!" Doch heute hat sie ein besonders strahlendes Gesicht dabei, denn es ist ein ganz spezieller Tag. Schnell stellt sie auf ihrem Kalender den 23. Dezember ein und fragt: „Mama, kitzelt es bei dir auch so doll im Bauch?" Mama nickt fröhlich und gemeinsam rennen sie ins Wohnzimmer zum Weihnachtsbaum. Dort hängen noch die letzten beiden rot-weiß karierten Säckchen von der Adventskette.

Mia öffnet das Geschenk mit der Nummer 23."Oh toll, ein Radiergummi. Danke Mama! Da habe ich doch richtig geraten!", jubelt Mia. „Du meinst wohl, richtig gefühlt", scherzt Mama schmunzelnd.

Voll Vorfreude auf ihren Auftritt beim Krippenspiel tanzt Mia „Glooho ho ho ho.... oria"-singend durch die Wohnung. Heute ist der erste Tag der Weihnachtsferien. Deshalb geht sie nicht in den Kindergarten, sondern begleitet Mama noch schnell zum Einkaufen in den Supermarkt.

Immer noch „Gloohohohoho... oria"-singend hüpft Mia durch die Obstabteilung und lädt Äpfel, Ananas, Nüsse und Mandarinen in den Einkaufswagen.

Plötzlich stoppt sie verwundert ab und fragt erstaunt: „Mama, warum freuen sich die Leute gar nicht, morgen ist doch Heiligabend?" Überrascht schaut Mama sich die Personen im Supermarkt an. Und tatsächlich, fröhlich wirken deren Gesichter nicht gerade.

„Tja...", bemerkt Mama und weiß nicht recht was sie sagen soll. Doch Mia hat bereits eine Erklärung parat: „Vielleicht sind sie traurig, weil sie keinen Tannenbaum haben", flüstert sie und denkt an ihren Weihnachtsbaum, der morgen am Heiligabend feierlich in voller Pracht im Wohnzimmer strahlen wird. „Ich glaube viele von ihnen haben auch schon einen zu Hause", äußert sich Mama zweifelnd. „Ja und wenn man keinen mehr abbekommt, bastelt man sich eben selber einen, wie Pettersson und Findus", verwirft auch Mia den Gedanken und singt weiter: „Gloohohoho... oria."

Am Kühlregal angekommen greift sie nach der leckeren Vanillesoße für die Bratäpfel und grübelt. „Oder sie haben nicht genug zu essen...", stellt sie mit gedämpfter Stimme fest. „Sieh mal, die Einkaufswagen sind ganz voll", beruhigt Mama sie und zeigt auf die Warteschlangen vor den Kassen.

„Vielleicht sind die Leute nur in Gedanken, weil sie noch so viel für das Fest vorbereiten wollen", fügt Mama sanft hinzu.

Mia wiegt den Kopf hin und her und fragt nachdenklich: „Meinst du, die können sich gar nicht freuen? Oder wollen sie das nur nicht zeigen?" Und ehe Mama antworten kann, fügt sie schnell und bestimmt hinzu: „Wir freuen uns aber und zeigen das auch, stimmt´s Mama?" „Natürlich!", erwidert Mama lachend und gibt Mia einen dicken Kuss auf die Stirn.

Da dreht sich der Mann vor ihnen in der Warteschlange schmunzelnd um und sagt freundlich: „Fröhliche Weihnachten wünsche ich euch beiden!"

An alle Fehlersucher und Fehlerfinder:
„Bitte nix weitersagen...- Andere wollen auch noch suchen und finden!"

Gruß von Oma Mira ☺

MIX

Papier | Fördert
gute Waldnutzung

FSC® C083411

Zeitfracht Medien GmbH
Ferdinand-Jühlke-Straße 7
99095 Erfurt, Deutschland
produktsicherheit@kolibri360.de